LE TRÉSOR DES SAVOIRS OUBLIÉS

Jacqueline de Romilly est professeur de grec ancien. Elle a enseigné dans différents lycées, à la faculté de Lille, à l'École normale supérieure, à la Sorbonne. Elle a été la première femme professeur au Collège de France, puis la première femme membre de l'Académie des inscriptions et belles-lettres.

Auteur de nombreux ouvrages qui font autorité : *Thucydide et l'impérialisme athénien*, *La Tragédie grecque*, *Les Grands Sophistes dans l'Athènes de Périclès*, *La Grèce antique à la découverte de la liberté*, *Pourquoi la Grèce ?*, elle publie en 1969 *Nous autres professeurs* qui constitue « un acte de foi dans le rôle joué par les professeurs dignes de ce nom et dans la valeur formatrice des études grecques ».

Elle s'est fait connaître d'un plus large public en publiant en 1984, année de crise et de débat dans l'Éducation nationale, *L'Enseignement en détresse*, témoignage sur son expérience d'enseignante, constat parfois sévère sur l'état de notre enseignement et plaidoyer pour ses valeurs et son renouveau. *Nous autres professeurs* et *L'Enseignement en détresse* ont été réédités en 1991 (Éd. de Fallois) sous le titre *Écrits sur l'enseignement*.

En 1987, elle écrit *Sur les chemins de Sainte-Victoire* : « Je sais de quoi je parle quand j'évoque, avec ferveur, les auteurs de la Grèce classique ; mais je le sais mieux encore quand il s'agit de ces collines. Je ne suis heureuse que là, et par elles. »

Élue à l'Académie française en novembre 1988 au fauteuil d'André Roussin, Jacqueline de Romilly y a été officiellement reçue le 26 octobre 1989. Elle a été, après Marguerite Yourcenar, la deuxième femme à entrer sous la Coupole.

En 1990, paraît son premier roman *Ouverture à cœur*, aux Éditions de Fallois. En 1993, un recueil de nouvelles, *Les Œufs de Pâques*, en 1995, *Rencontres avec la Grèce antique*, *Alcibiade* et, en 1997, *Hector*.

Paru dans Le Livre de Poche :

LES GRANDS SOPHISTES DANS L'ATHÈNES DE PÉRICLÈS

OUVERTURE À CŒUR

POURQUOI LA GRÈCE ?

LES ŒUFS DE PÂQUES

ALCIBIADE

JACQUELINE DE ROMILLY
de l'Académie française

Le Trésor
des savoirs oubliés

ÉDITIONS DE FALLOIS

© Éditions de Fallois, 1998

INTRODUCTION

Voici bientôt un an que j'ai presque complètement perdu la vue. Le résultat a été l'arrêt de beaucoup d'activités pratiques; et la conséquence de cet arrêt a peut-être été de concentrer mon attention sur les détails et les complexités de la vie intérieure. Des souvenirs me revenaient en désordre et je m'attardais à en suivre le cheminement incertain. Je retrouvais aussi de mon passé scolaire des traces lointaines, dont le sens et le caractère souvent imprévu m'apparaissaient plus clairement. D'autres jours m'apportaient d'autres surprises; c'était parfois un objet égaré, puis retrouvé, parfois la brusque remontée de tout un pan de réalités abolies, ou bien, au contraire, un effort désespéré pour rechercher un passage littéraire, que j'avais bien connu et que je ne pouvais plus dorénavant vérifier. Je mesurais mieux l'étrangeté de tout ce qui se passe en nous entre la mémoire et l'oubli, le savoir et l'ignorance, l'espérance et la crainte. Je m'émerveillais un peu de ce monde redécouvert, j'admirais sa complexité, c'était comme si j'en prenais conscience pour la première fois.

Certes, il ne s'agissait point de révélations, et je ne percevais rien là qui fût vraiment nouveau. Simplement, c'était comme si un rideau avait été ouvert sur toute une activité souterraine, jusqu'alors cachée, avec des rouages nombreux, imprévus et tout à coup perceptibles. Il ne s'agissait que de petits faits familiers et anodins, sans portée; mais de chacun d'eux se dégageait la même impression du mystère attaché à ces remémorations possibles ou impossibles.

Puis, un beau jour, je m'aperçus que toute cette vie secrète à laquelle, comme la plupart d'entre nous sans doute, j'étais demeurée jusqu'alors peu attentive, retenue que j'étais par la vie pratique et la hâte quotidienne — je m'aperçus qu'elle comptait beaucoup : elle modifiait dans une très large mesure la perspective dans laquelle se présentaient les questions qui m'avaient occupée dans les périodes précédentes ; et elle méritait de faire l'objet de mes réflexions. C'était, en somme, comme une sorte de mise en place et de mise en ordre. De là est venue l'idée d'écrire ce livre.

Les problèmes de notre temps, chacun les connaît ; l'actualité ne cesse de les rappeler, d'en dire la gravité. Tous sont d'accord : nous vivons en un monde de crises. Et j'emploie à dessein ce mot au pluriel en lui donnant tout son poids et toute sa force. Il s'agit de crises politiques et sociales, de crises morales et aussi, j'y reviendrai, d'une crise de l'enseignement.

Je n'insisterai pas sur ces faits dont l'évidence est indiscutable. Comment ne pas parler de crise politique, quand on voit les gouvernements et les partis alterner, sans susciter l'intérêt d'une bonne partie du pays ? quand on voit les hommes politiques poursuivis, quel que soit leur parti, dans des procès et mis en examen, ce qui prouve ou bien qu'ils ont été fort légers et égoïstes, par rapport au bien public, ou alors que leurs ennemis montrent un acharnement lui aussi contraire au bien public. Comment ne pas parler de crise sociale, quand tous insistent sur la fracture existant entre les différentes couches de la société, quand tant de gens sont sans emploi, quand la jeunesse perd confiance dans l'avenir parce qu'elle se voit réduite au chômage, quand, enfin, une partie importante de la population traîne non seulement sans travail, mais sans droits, sans respect des règles, sans logement, sans véritable espoir — tout cela, on le sait, ne va pas. Tout cela révèle une atmosphère de crise. De là résultent toutes sortes de troubles. Nous vivons dans un monde où la violence sévit partout, où la sécurité n'est plus assurée. Même les progrès de la science finissent par créer des crises, en faisant naître des pollutions, des risques d'empoisonnement divers, que ce soit le sang contaminé, l'amiante, la vache folle, ou encore les dangers d'explosion — la menace est partout, autour de nous. Je ne parle même pas des menaces qui viennent d'une vie sociale désorganisée où les grèves sont souvent sauvages, où les manifestations tournent elles aussi à la violence. Et comment ne pas rapporter tout cela à une crise morale ? Cette crise morale peut être le résultat de difficultés ; elle en est aussi, en partie, la cause ; mais elle est en tout cas indéniable. Si les hommes politiques prêtent au soupçon, si les citoyens se désintéressent de la collectivité, si les jeunes eux-mêmes, et dès l'âge scolaire, se déchaînent en violences et en destructions, alors que le seul salut serait pour eux de préserver le bien commun sur lequel doit se prélever leur propre part et se fonder leur avenir, alors c'est qu'il y a une crise morale grave.

Je lisais ces jours-ci dans les journaux l'agression de ces quatre garçons qui ont, sans aucune raison au monde, précipité à l'eau et noyé un homme âgé et infirme, qui pêchait tranquillement au bord de l'eau sans faire de mal à personne. Ils l'ont tué et ils n'avaient pour cela aucun motif particulier. Ils voulaient simplement se distraire, faire une farce, montrer leur indépendance. Ils ont montré en réalité qu'ils étaient des esprits vides, à qui nul n'avait appris le respect d'autrui, à qui nul n'avait enseigné des façons de se sentir responsable et capable d'agir raisonnablement : entraînés par l'excitation, ils avaient agi comme des bêtes ou plutôt de façon pire ; car je ne suis pas sûre que les animaux se livreraient à de tels actes : il faut pour cela l'encouragement d'une propagande libertaire et d'une éducation trop timide. Oui ! La crise se traduit dans les esprits eux-mêmes et elle menace vraiment la dignité de l'homme.

Tout cela, on le comprend. Il s'agit, en somme, d'une évolution brusque qui a sapé, à la fois, ou peut-être successivement, les valeurs religieuses, le rôle de la famille, le sens de l'obligation, le respect d'autrui et bien d'autres traits sur lesquels se construit une société.

De toutes ces crises, celle qui atteint l'enseignement mérite un traitement à part. Qu'elle existe en elle-même et que beaucoup s'en plaignent, je crois que c'est indiscutable. Il est pitoyable de voir la France compter une proportion d'illettrés supérieure à celle de la plupart des autres pays, puisqu'elle est de plus de 40 %, alors que la France avait pour tradition d'être en ce domaine un modèle ou au moins le centre d'un rayonnement culturel souvent reconnu. Mais je n'évoquerai pas, une fois de plus, cette question de niveau et de problèmes propres à l'enseignement. À mon avis cette question doit être mise à part des autres et cette crise également ; car elle n'est pas sur le même plan. Elle peut paraître moins grave, on la voit moins, mais elle a avec ces autres crises un rapport qui est, en partie, de cause à effet — et cela de façon directe.

Dans une certaine mesure, les difficultés de l'enseignement sont l'effet du malaise de la société. Si la cellule familiale n'avait pas été abolie, ne s'était pas trouvée ramenée, dans bien des cas, à une seule personne et vouée à une constante instabilité, les parents auraient pu se charger de ce rôle d'éducation et de formation qui manque si cruellement aujourd'hui. D'autre part, si la société n'avait pas partout remplacé le sens du respect par celui d'une complète égalité, l'atmosphère de l'enseignement aurait été meilleure et l'anarchie qui règne aurait été évitée. On ne peut s'empêcher de penser au fameux texte de Platon dans la *République*, où il décrit les excès de la démocratie en signalant que, dans ces régimes extrêmes, le professeur a peur de ses élèves et qu'il les imite, au lieu que ce soit eux qui l'imitent lui.

Mais il est plus important de comprendre que l'enseignement prépare la société de demain. Que c'est lui qui forme les hommes qui auront à se débattre, à trouver un emploi, à le garder, à y briller, à inventer de nouvelles entreprises, à mener une meilleure politique, à se faire entendre de leurs concitoyens, et qui prépare ces concitoyens à juger librement et clairement sans se laisser aller au gré des phrases toutes faites, du langage de bois et des propagandes qui les menacent aujourd'hui de partout.

Naturellement, ce n'est pas par l'éducation qu'on résoudra tous ces problèmes divers, économiques et sociaux. Mais, inversement, il me paraît absurde de vouloir les résoudre sans tenir compte de l'élément humain, qui y est impliqué au premier chef.

Et sans insister sur des idées qui seront reprises plus loin dans le livre, on peut, au moins, faire remarquer que la violence, qui est une des plaies de notre société, devrait être de ces maux que l'école contribue à bannir par un apprentissage, par un entraînement, par la répétition d'idées, dans lesquelles se présente ce refus de la violence, qui est en réalité et a toujours été le premier signe de la civilisation par rapport à la barbarie. La violence est entrée à l'école parce qu'une formation destinée à l'enrayer et à la rejeter n'a pas été, au cours des études, donnée avec suffisamment d'insistance.

Formation : je répète ce mot. Mais en quoi ? Mais comment ? Mais par quelle discipline ? L'enseignement peut-il modifier les élèves ? Par quel miracle des leçons données en classe peuvent-elles constituer une personnalité ? Être, comme je le dis ici, une formation ? Oh ! il est fréquent que des auteurs parlent de la valeur formatrice de l'enseignement : cela correspond, en gros, à une certaine expérience montrant qu'en effet, en mûrissant, beaucoup d'enfants ont progressé et se sont modifiés dans un sens satisfaisant. Mais pourquoi ? Mais comment ? En quoi une connaissance, que l'on acquiert sans joie et que l'on oublie très vite, peut-elle nous modifier ? Ce problème-là, je ne crois pas l'avoir vu traiter dans aucun livre — au moins de façon systématique. De même on parle de la culture, résultat de cette formation, et l'on cite la phrase célèbre : « La culture est ce qui reste, quand on a tout oublié. » Mais quand on a vraiment tout oublié, que reste-t-il donc ? Personne ne nous l'explique. Il y a là une bizarrerie, une lacune, et c'est à quoi aujourd'hui j'ai voulu tenter de remédier.

En effet, cette complexité de la vie psychologique, ces échanges secrets et multiples entre la mémoire et l'oubli, entre le savoir et l'ignorance, m'ont paru fournir la réponse et l'explication. Jusqu'ici j'avais fait comme les autres : j'avais parlé avec des tremblements d'émotion de la formation et encore de la formation. J'avais, et je m'en félicite, insisté sur cette valeur formatrice, mais je n'en avais pas dépisté les conditions et les modalités. On se laisse entraîner malgré soi, lorsque les discussions ne portent, chaque jour, que sur les horaires et les répartitions, quand ce n'est pas sur les grilles de salaire, ou bien sur les frais que représentent les terrains de jeux, les restaurants scolaires, etc. Tout cela a de l'importance, bien entendu, mais tout cela nous écarte de cet enseignement qui doit être une formation et des moyens à mettre en œuvre pour qu'il le soit, des disciplines et des méthodes capables d'y parvenir ; et tout cela nous écarte aussi des mécanismes psychologiques sur lesquels se fonde cet enrichissement de l'esprit.

Je voudrais donc parler de l'enseignement dans cette perspective nouvelle. Je voudrais montrer comment peut se faire cette formation intellectuelle, affective et morale, par quel travail subtil et caché qui se poursuit en nous, sans que nous nous en rendions compte, l'esprit est peu à peu entraîné, enrichi et modifié. Je voudrais montrer tout ce qui prend place entre ce que l'on sait et ce que l'on ignore, entre un souvenir oublié et un souvenir présent. Car c'est de la série de ces dépôts, de ces suggestions, de ces ouvertures, que l'élève peu à peu se nourrit. Nous avons la preuve dans la vie quotidienne de l'existence de ce monde secret qui vit en nous et qui continue à vivre, alors même que nous ne le savons plus, que nous n'y pensons plus et que nous croyons avoir tout perdu. Le trésor des savoirs oubliés n'est pas un trésor aboli, caché au fond des mers, que nous pourrions évoquer sur le mode de la nostalgie : c'est un trésor tout proche, et accessible, que j'invite à redécouvrir au fond de nous, et dont, de temps en temps, nous avons la révélation. Or, ce trésor, c'est à l'éducation, ou plutôt à une certaine éducation, que nous le devons.

Il s'agit donc ici d'une sorte d'exploration psychologique à la poursuite de ces traces que laisse en nous le savoir lorsqu'il nous traverse et, par là même, nous modifie. Je n'ai pas qualité pour me livrer à cette recherche, sinon par le fait que j'ai enseigné pendant tant d'années, revu tant d'anciens élèves, rencontré tant de personnes qui évoquaient leurs souvenirs de classe et, moi-même, j'ai eu souvent l'occasion d'observer les différences intervenues avec le temps, d'opérer la brusque comparaison entre des souvenirs que l'on évoquait et ce qui pouvait, après coup, en rester. C'est une expérience à la fois personnelle et collective, qui me servira ici de base.

En tout cas ce sont de petits faits dont il me semble que l'on n'a jamais tenu assez grand compte. Peut-être est-ce parce qu'on ne les a pas vraiment remarqués, pressé que l'on était d'obéir aux contraintes de la vie pratique. Et puis aussi, certainement, le matérialisme régnant tourne plutôt notre esprit vers les réalités pratiques et les avantages matériels et nous empêche d'observer la complexité même de notre vie intérieure.

Et pourtant tout cela est proche, tangible, compréhensible.

Je trouve, au demeurant, que nous vivons à une époque où cette complexité de la psychologie, en ce qui concerne la mémoire et l'oubli, est au premier rang, occupe une place inconnue jusqu'alors dans notre littérature, notre philosophie, nos réflexions quotidiennes.

Pour une fois, me voici donc en pleine modernité ; et j'en profite !

Que l'on y pense seulement ! Dans la littérature, notre siècle n'est-il pas en grande partie commandé par les écrits de Proust, qui sont une recherche sur la mémoire et l'oubli, sur le temps passé, sur les détails qui peuvent revenir appelant avec eux toute une série de souvenirs, le goût d'une petite madeleine, ou bien la floraison subite des aubépines blanches dans un chemin de campagne ? Cette œuvre n'est-elle pas tout le contraste entre le temps perdu et retrouvé, entre les images différentes d'une même personne ou d'un même paysage, perçues à des moments différents ? Le signe de cette curiosité littéraire, on le retrouverait chez quantité d'auteurs. Je ne fais pas une histoire de la littérature, mais je pourrais, citant un souvenir personnel, rappeler que j'ai récemment eu l'occasion de recevoir sous la coupole l'écrivain Hector Bianciotti et que, voulant présenter son œuvre, j'ai été amenée à consacrer tout un développement à ses réflexions sur le souvenir. Chez lui, c'est l'infidélité du souvenir, les changements qu'il subit, le fait qu'il ne revient jamais de la même façon et se trouve sans cesse modifié. De fait, ce qu'il écrit est un mélange de mémoire et d'imaginaire ; or c'est là une des directions que semble prendre aujourd'hui le roman. Et à propos de souvenirs, on pourrait rappeler que pendant des siècles des auteurs ont écrit des mémoires qui suivaient l'ordre chronologique, qui étaient fidèles à des événements historiques et s'orientaient selon les grandes lignes de l'histoire. Aujourd'hui, au contraire, s'est répandue la mode des souvenirs au hasard, jamais historiques, presque jamais dans l'ordre, piqués selon l'humeur et le caprice même de la mémoire, ce qui est une façon de faire sa place à la complexité, à l'instabilité du souvenir. D'autre part, je parlais à l'instant d'Hector Bianciotti : il a écrit sur Nathalie Sarraute ; or Nathalie Sarraute est un écrivain qui a consacré des livres entiers à la recherche de souvenirs perdus, de mots perdus, et nous aurons l'occasion de rencontrer des citations de cet auteur. On le voit, il y a une grande percée de la réflexion sur le souvenir, mais la philosophie en est aussi le reflet. Le jeune Proust avait suivi le premier cours de Bergson au Collège de France et Bergson a écrit sur la mémoire ; il l'a fait dans son livre *Matière et Mémoire*, mais en a traité aussi dans d'autres ouvrages, lui donnant une grande place, très proche de la vie même de l'esprit. Tout cela se situe en fin de compte dans un moment où se répand, si importante pour notre siècle, peut-être trop importante parfois, la primauté de la psychanalyse. Avec les livres de Freud et son enseignement, il s'agit de souvenirs en effet inconscients, oubliés, cachés, et qui correspondent, en général, à des pulsions sexuelles ou à des souvenirs cruels, volontairement dissimulés loin de la conscience et que le médecin s'efforce de dépister, quand leur influence ruine l'équilibre de ses patients. À la suite de ces grands noms, il faudrait citer toute la recherche — celle des grands médecins comme Pierre Janet et Jean Delay ainsi que celle de la génétique ou de la biologie, qui, elles aussi, s'orientent parfois vers la mémoire.

Le mouvement est donc net, et même saisissant. Mais pourquoi, si la psychologie est ainsi le signe de notre temps, si les subtilités en sont la marque reconnue, pourquoi l'admettre et le reconnaître dans le cas, par exemple, de la psychanalyse où il s'agit de repérer des souvenirs soigneusement ensevelis et en général cruels, ayant une influence néfaste sur la vie des gens, et ne pas le reconnaître quand il s'agit d'une vie saine et normale d'un être jeune, qui progresse, qui amasse en lui un trésor de souvenirs innocents et enrichissants. Pourquoi admettre, dans un cas, les transformations qui pèsent sur le caractère et sur le cours même de l'existence et ne pas reconnaître le rôle de cette masse mystérieuse de souvenirs, scolaires ou non, que chacun amasse en plus ou moins grand nombre et qui donnent à la vie intérieure son épaisseur, sa richesse, sa fécondité.

Les rapprochements qui viennent d'être faits ne doivent cependant pas donner des espérances trompeuses. Les souvenirs dont il sera question ici sont d'un ordre plus simple que ceux qui viennent d'être évoqués et leur action est plus modeste. Peut-être est-ce pour cela aussi qu'on ne leur a pas prêté suffisamment d'attention : ils ne créent pas de déséquilibres et de maladies qui réclament des soins, mais contribuent, au contraire, à l'équilibre et à la bonne marche de notre esprit et de notre vie intérieure. On ne devra donc pas s'attendre à des révélations imprévues et frappantes. On rencontrera, plutôt, toute une série d'anecdotes, de petites enquêtes, de souvenirs personnels, tels que l'on pourrait les évoquer dans la plus familière des conversations. Mais à chaque fois leur sens sera de porter témoignage sur la présence de ce trésor de savoirs oubliés, donc sur le rôle de formation que comporte l'apprentissage scolaire et les autres apprentissages. Ces témoignages se feront très librement, à bâtons rompus, et le principe même consiste à faire appel à des expériences toutes simples.

Mais en même temps, ce principe explique le déroulement même et l'organisation du livre. L'analyse se fera en trois temps, au fur et à mesure que progresse la réflexion sur des souvenirs d'abord accessibles, puis plus profondément ensevelis et, enfin, sur leur valeur positive ou négative dans notre vie affective et morale. D'autre part, deux chapitres seront consacrés, respectivement, à la formation même qu'apportent ces souvenirs oubliés — formation intellectuelle d'abord, morale et affective ensuite. Deux séries d'analyses se plaçant en deçà ou au-delà de cette formation ont été écartées de la suite de l'exposé et figurent en appendice.

Qu'il y ait dans ces analyses et, en particulier, dans ces divers développements un espoir d'amélioration pour l'enseignement, une leçon sur les matières à enseigner et la façon de les enseigner, représente, pour moi, une justification à laquelle j'attache du prix. Mais il faut bien reconnaître, en attendant, que la simple description de tous ces petits phénomènes familiers et stupéfiants suscite en elle-même, et indépendamment de tout espoir pratique, un objet d'émerveillement. Il en va de cette complexité et de ces surprises entre mémoire et oubli, comme de ces révélations que nous ont réservées au cours des dernières décennies la biologie ou la génétique. La recherche d'un souvenir du point de vue psychologique, ses liens avec toutes sortes de faits et de circonstances : oui, elle est étrangement compliquée et précieuse. Mais n'en va-t-il pas de même, quand les savants nous révèlent la double hélice de l'ADN ou le rôle étonnant de ces acides ribonucléiques que l'on voit envoyés comme des messagers transmettant l'ordre de fabriquer telle protéine et tout cela passant par mille intermédiaires ? Une précision sans pareille dans les rouages s'éclaire encore un peu plus chaque jour grâce à des découvertes saisissantes. Nous n'avons pas l'ambition de découvertes semblables dans le domaine plus modeste qui nous occupe, mais il faut bien dire que l'admiration devant la réalité peut, dans les deux cas, être comparable.

I

LES SOUVENIRS CACHÉS

« De tout ce que j'ai appris en classe, je n'ai rien retenu : tout cela est oublié ! À quoi cela m'a-t-il servi, je me le demande. À quoi cela servira-t-il à mes enfants ? J'ai de grands doutes. » Cette observation évidemment fausse est souvent entendue. Elle est d'une injustice criante.

Naturellement, on n'a pas tout oublié : il reste quantité de souvenirs présents et utilisables, même quand les études ont été brèves et menées de façon médiocre. Le fait est une évidence ; et je ne m'y arrêterai pas. Je voudrais plutôt montrer ici que, là même où le souvenir semble avoir disparu et s'être totalement effacé, il en reste beaucoup plus qu'on ne le croit. Certains ont pénétré en nous et se sont assimilés à tel point qu'on ne reconnaît plus leur existence. D'autres subsistent sous une forme vague et imprécise, mais peuvent à chaque instant resurgir, car ils se rattachent, par des liens multiples et inattendus, à des connaissances conservées, capables de les rappeler. L'oubli n'est presque jamais complet. La connaissance laisse toujours une trace, une marque; et, même sans revenir à la conscience, elle constitue comme un repère et une référence, qui nous aident à penser et à vivre.

Je voudrais pourtant ajouter, pour le principe, que même si l'on avait tout oublié, le rôle de l'enseignement n'en serait pas pour autant annulé. Car ce rôle est avant tout de formation et d'entraînement. Il développe en nous l'attention, la mémoire, la faculté de juger et l'esprit critique. C'est là un aspect de l'enseignement qui n'est pas toujours assez reconnu quand on juge de l'extérieur. J'ai tenu à le garder dans ce livre, car il est une des bases essentielles de cette formation intellectuelle qui se fait en classe. Mais, comme il ne mettait pas directement en cause des souvenirs oubliés, l'analyse a été renvoyée en appendice et constitue l'appendice n° 1, consacré à l'entraînement par l'exercice. Cette analyse est importante du point de vue de l'enseignement. Mais je m'en tiendrai ici à ces souvenirs oubliés, à ces savoirs que l'on croit perdus, et que l'on peut à chaque instant retrouver : ils forment un monde foisonnant, qui, tout au long de notre vie, nous accompagne et nous soutient.

1. D'abord, les savoir-faire

Il y a des souvenirs qui nous paraissent oubliés, parce qu'ils ont, au contraire, si bien pénétré en nous, qu'ils sont devenus dans la pratique comme inconscients. Mais il n'empêche : on trouverait à l'origine un apprentissage, et même un apprentissage d'ordre intellectuel.

Cela apparaît dès les débuts et pour le très jeune enfant. Celui-ci apprend, par exemple, à marcher. C'est tout un calcul de force et d'équilibre et de muscles, et l'on sait combien sont touchants les premiers efforts titubants qu'il fait pour essayer de parcourir quelques mètres, vers des bras prêts à le recueillir. Or, dans la suite, ce n'est plus un effort de marcher ; cela ne demande ni attention ni calcul, et cela ne comporte non plus aucun danger.

Franchissons quelques années et voici bientôt des apprentissages qui relèvent vraiment de l'esprit : lire, par exemple.

Je sais bien qu'à l'heure actuelle l'enfant qui sort du collège ou du lycée ne maîtrise pas toujours la lecture, mais le fait reste quand même une exception et l'on peut dire qu'en gros des adultes ayant fait des études savent lire et même lisent sans grande peine. Pourtant que d'efforts il a fallu accumuler et que de connaissances il a fallu amasser pour arriver à ce résultat : comprendre la valeur de chaque signe, l'agencement des syllabes, la prononciation des lettres, découvrir que « qu » se prononce « k », remarquer les formes qui indiquent un verbe et remonter de cette forme à l'infinitif correspondant pour comprendre la grammaire, la syntaxe qui commande la phrase — tout un travail qu'il a fallu mener pendant des mois et, en général, même pendant des années. Une fois cet effort accompli, nous lisons la phrase sans avoir à refaire, de façon consciente au moins, tous ces calculs, sans avoir à nous dire : « Voyons, quelle est cette syllabe? quel est ce mot? comment se combinent-ils ensemble? » Ces connaissances ont été difficiles à acquérir, mais on les manie ensuite sans même s'en apercevoir.

Même chose pour l'arithmétique! Même les calculs les plus simples supposent l'apprentissage de la table de multiplication, l'habitude de poser une opération et mille petits détails qui ont dû être appris avec parfois quelque peine. Il y a fallu la connaissance de ces formules qu'autrefois on savait si bien répéter, « trois fois quatre douze ; je pose deux et je retiens un », tout cela a été appris, est devenu inconscient, mais reste utilisable. Ce sont là des savoirs acquis à peu près à jamais, mais dont nous ne nous apercevons même plus.

Ici, je l'avoue, je m'écarte de la distinction qu'établit Bergson entre les habitudes, qui relèvent en somme du corps, et la véritable mémoire, qui est toujours liée à la conscience. C'est du moins ce qu'il explique dans *Matière et Mémoire*. Je ne suis pas sûre qu'en d'autres passages, il ne serait pas d'accord avec l'analyse qui vient d'être donnée : je crois, en tout cas, qu'il existe une sorte de passage continu entre ces habitudes presque physiques et la mémoire proprement dite, et que l'acquisition de ces habitudes implique souvent des connaissances théoriques à l'origine. On peut passer de l'un à l'autre, et on peut passer, de proche en proche, de ce qui semble une habitude physique, à ce qui constitue déjà un apprentissage intellectuel.

On peut même étendre la description à des savoirs proprement intellectuels. Par exemple, si je remonte à des souvenirs de ma jeunesse, on apprenait autrefois des textes par cœur : des fables, des petits poèmes, des passages de tragédie. Par là, une sorte d'automatisme se crée. J'ai le souvenir d'avoir ainsi appris, étant jeune, la prière d'Esther, au point que je pouvais et peux encore la réciter presque sans comprendre ce que je dis, à toute vitesse, un mot appelant le suivant, sans que j'aie même à y prêter attention : « Ô, mon souverain roi, me voici donc tremblante et seule devant toi. Mon père mille fois m'a dit dans mon enfance »... etc. Le texte est entré en moi à jamais. Je veux bien admettre que ce soit là un cas limite et une exception. Mais simplifions, et voici qui devient courant : on cite un demi-vers et la suite vous vient à l'esprit aussitôt, alors que l'on croyait le vers oublié. Qu'on l'ait appris par cœur ou simplement rencontré souvent, il est entré et peut ressortir sans effort et sans prise de conscience lucide.

Pour en rester au domaine qui est le mien, peu d'élèves font maintenant du latin, et ceux qui en ont fait prétendent le plus souvent n'en avoir gardé aucun souvenir. Mais supposons une formule connue — ainsi dans le domaine du christianisme, que ce soit à l'église ou dans une œuvre de musique ou de littérature, la formule Délivre-nous Seigneur : *Libera nos Domine*; on peut avoir oublié la seconde déclinaison latine; on l'a presque certainement oubliée; mais supposons que l'on entende tout à coup, au lieu de la formule habituelle, *Libera nos Domines* : cette forme du mot jettera certainement un petit malaise — chez certains tout au moins. Ce malaise sera dû pour les habitués au changement d'une formule familière, elle sera due pour ceux qui ont fait du latin et fréquentent peu les services religieux à une vague impression de quelque chose qui ne va pas, qui est bizarre, qui ne devrait pas être ainsi. Un souvenir lointain surnage d'un monde oublié.

Même dans des activités plus élaborées et qui ne sont pas devenues au même degré automatiques, il se développe une certaine aisance que l'on peut rapprocher du savoir-faire. Ainsi l'élève qui aura été habitué à rédiger de nombreuses compositions françaises, aura acquis une certaine rapidité dans le classement des idées, la mise en place d'un plan, d'une introduction, d'une division ou d'une conclusion : le résultat ne sera pas très personnel, il sera même un peu ronronnant ; mais enfin, cette habileté, et l'on peut dire ce savoir-faire, lui servira ensuite dans la vie, à présenter des plans, des idées, sans perdre trop de temps à cette composition d'ensemble. Les mots alors lui viendront, comme on dit, tout naturellement. De même cet élève, une fois sorti de classe et engagé dans la vie courante, ne remarquera même pas, s'il est au théâtre, qu'il savait qu'une tragédie a cinq actes, ou bien, s'il est en voyage, qu'il savait qu'il y a à Rome des monuments antiques, ou bien qu'il verrait ici ou là des traces d'églises romanes attestant d'une piété passée... Il n'a pas besoin de le chercher dans sa mémoire : cela est devenu pour lui quelque chose qui va de soi comme une seconde nature. S'il a poursuivi ses études, s'il a continué à acquérir des connaissances, il ne se rendra absolument pas compte de ces savoirs présupposés, assimilés et devenus pour lui inconscients.

La limite est bien difficile à tracer, qui sépare ces connaissances devenues comme automatiques, de connaissances plus élaborées, mais qui impliquent encore ce que l'on a appelé ici des savoir-faire.

D'ailleurs, s'il arrive, par suite d'un malheur quelconque, d'un accident, d'une maladie, qu'un de ces apprentissages vienne à faire défaut, même parmi les plus élémentaires, on constate qu'il est possible de reconquérir ces savoirs par l'attention, par un effort intellectuel, et en refaisant le chemin initial. On va alors plus vite, sauf dans des cas graves, mais le procédé reste le même : il repose sur l'acquisition et l'utilisation de plus en plus rapides des connaissances nécessaires.

Sans doute faut-il distinguer : certaines des habitudes que nous avons acquises au cours du temps ne dépassent guère le niveau des automatismes, et n'impliquent que des connaissances limitées. Il en est ainsi de la série des gestes, raisonnés en fait, par lesquels nous mettons en marche une automobile, en maniant successivement, ou en même temps, le starter, l'accélérateur, etc. : tout cela est devenu automatique. De même la ménagère, qui d'un geste très rapide allume le gaz, met quelque chose dans la poêle, le retourne, baisse le gaz, tout cela sans même y penser : elle agit de façon quasiment automatique. Et je suppose que, de même, celui qui sait manier avec aisance la souris d'un ordinateur et sait s'y reconnaître dans les diverses touches du clavier, le fait de façon

anneau d'une chaîne

tout à fait automatique. Mais il n'en va pas ainsi des souvenirs scolaires, pourtant assimilés et devenus inconscients. Les souvenirs de la lecture, de l'écriture, du calcul, les souvenirs littéraires, historiques, qui semblent avoir disparu de notre horizon, restent cependant les maillons nécessaires pour une activité qui ouvre indéfiniment sur des progrès nouveaux.

En tout cas, l'on découvre ainsi, saisissante et indiscutable, la preuve que, même là où ne paraît aucun souvenir conscient, il en existe qui ont été conscients et ont cessé de l'être, qui vivent en nous, qui inspirent nos actes et qui font partie, par conséquent, de ce trésor des souvenirs oubliés, dont peu à peu vont se révéler les richesses.

Il est évident, en effet, que ces savoir-faire ne sont ici qu'à titre de cas limite. D'une façon générale, notre activité quotidienne est en fait toute remplie de savoirs conservés, présents et utilisables. Mais elle est pleine aussi — et c'est à quoi l'on en viendra maintenant — de souvenirs que l'on croit oubliés et qui cependant restent bien fixés en nous, comme par des amarres, et dont la conservation et le retour sont également des causes de surprise et d'admiration.

2. *Les amarres*

Laissons de côté les leçons apprises et sues pour toujours. Dieu merci, il en existe ! Mais là même où il nous semble n'avoir rien conservé de ce qui nous fut enseigné, que de souvenirs imprévus surgissent à l'occasion !

Les souvenirs cachés

Il en est de même du voyage, par exemple. Que de pays nous traversons, comme la vie, sans véritablement bien percevoir les réalités qui nous entourent. Alors, au retour, oui ! les villes, les musées, les restaurants, les rencontres : tout nous paraît présent, tout, ou presque tout. Et puis, deux ans après, les noms n'évoquent à peu près plus rien, les lieux se confondent, on s'aperçoit que l'on a traversé le pays un peu comme on lirait un guide, sans recevoir d'impression marquante, et, quelques années plus tard, c'est à peu près comme si l'on n'avait pas du tout fait le voyage. Tout est parti, enfui.

L'évolution est semblable pour les choses apprises en classe, qu'il s'agisse de tel enseignement de physique, ou d'histoire, ou de n'importe lequel en vérité. On dirait qu'en gros, il n'en reste rien. Nous avions écouté à peu près, nous n'avions pas donné notre attention, le contenu même de l'enseignement était resté hors de nous et il a, plus tard, disparu.

Pourtant, il y a dans les deux cas, dans le voyage ou dans la classe, des moments qui, on ne sait pourquoi, se sont inscrits dans notre conscience, qui nous ont frappés, et se sont ainsi, bizarrement, gravés pour toujours. Ces souvenirs-là, coupés de tout, et sans rapport vrai avec notre vie, peuvent cependant surgir à nouveau au moindre rappel.

Souvent, ces souvenirs-là frappent par leur caractère concret et complet. C'est comme si un moment de notre vie nous revenait avec toutes les circonstances qui l'ont accompagné.

Une amie roumaine me racontait ainsi n'avoir

jamais oublié le dessin anatomique représentant la circulation veineuse, dessin fait par son professeur au tableau ; et elle revoit le professeur, le bras du professeur écrivant, elle revoit l'image ; et elle la revoit assez bien pour pouvoir aujourd'hui encore la tracer sans faute, comme si elle était inoubliable, toujours présente, ou, au moins, toujours susceptible de le redevenir. Peut-être était-elle attachée à ce professeur ; mais elle devait l'avoir vue et entendue en bien d'autres leçons : ce moment-là pourtant demeurait.

Pour moi, qui suis assez sensible aux lettres, et d'autre part sensible aux voix, je sais que j'ai eu un professeur en classe de quatrième, bien douée pour le théâtre, puisqu'elle était la fille de Pottecher, un homme célèbre pour ses études de théâtre. Or, un jour elle nous fit lire, mais comme si nous étions en train de jouer la pièce, l'*Iphigénie* de Racine. Chacune avait un rôle, elle-même tenait celui de Clytemnestre.

Et une impression me reste, intense, du moment où elle a prononcé ces deux vers :

Et moi, qui l'amenai triomphante, adorée,
Je m'en retournerai seule et désespérée.

J'entends encore sa voix, un peu rauque. Je la revois. Elle était vers ma droite, à la chaire, et au-delà de la chaire il y avait la fenêtre ; je pourrais presque dessiner exactement les places. Elle n'était pas très belle, avec ses cheveux maigres et sa taille courte, mais ce fut pour moi un instant qui marqua, qui devint réel et que je n'oublierai pas. Maintenant encore, je sais ces deux vers. Je les entends de la façon dont elle les

Les souvenirs cachés 33

prononça avec sa voix légèrement voilée, et ces syllabes muettes que l'on percevait en fin de vers comme une plainte étouffée, avec aussi ce contraste si fort entre les adjectifs des deux vers, qui opposaient le trajet d'aller dans la joie et le trajet de retour dans la désolation. Ce contraste me parut ce jour-là intolérable, et j'en éprouve encore aujourd'hui la douleur. Je ne sais presque plus rien du texte d'*Iphigénie*, mais ces deux vers-là, je le garantis, je les saurai jusqu'à ma mort ; et je reverrai, en les entendant ou en y pensant, cette minute exacte dans ce cadre si précis.

Je ne dirai point ici tout ce que cela implique. Un souvenir de ce genre fait signe, qu'on le veuille ou non, à bien d'autres connaissances. Il me rappelle la grande pitié de la tragédie, l'histoire d'Iphigénie ; il me rappelle les vers de la poésie racinienne, donc un peu l'histoire de la littérature ; et tout cela forme un halo autour de l'image gravée à jamais.

La force avec laquelle se gravent de telles images suppose une grande part donnée au cadre concret. Et le fait est que, dans mes souvenirs, je trouve aussi celui d'une illustration d'un livre. C'était un livre d'histoire ; probablement ai-je tout oublié de ce qu'il contenait. Mais je revois et je reverrai toujours la photographie du duc Decazes, qui occupait le haut de la page de droite : il m'avait paru fort bel homme. Cette frivolité m'étonne un petit peu, mais il ne faut jamais s'étonner de la frivolité des petites filles : je pense que nous avions discuté ensemble, mes jeunes camarades et moi, de l'élégance de ce personnage. Eh bien, je revois sa place dans le livre. Je le revois, lui, avec cette cravate blanche bouffante, signe des élégants de l'époque. Mais quelle époque? Je sais qu'il a servi un roi, de proche en proche je puis chercher : pas Louis XIV, ni Louis XVI, évidemment, un roi de la Restauration, mais lequel? et comment? Franchement je ne sais plus; et pourtant le souvenir est là : une page d'un livre.

Et il y aurait bien d'autres souvenirs. Parfois ils peuvent s'être accrochés à une impression auditive, à une phrase répétée et lancinante, ou bien jugée, au passage, ou belle, ou ridicule. Ai-je jamais oublié cette formule que l'on m'avait fait chantonner :

Le carré de l'hypoténuse est égal, si je ne
[*m'abuse,*
À la somme des carrés pris sur les autres côtés.

Je dois dire que, malgré le grec, le mot d'hypoténuse n'est pas de mon vocabulaire courant. Je pourrais avouer que j'en ai oublié le sens. Je me rappelle du moins une ligne oblique coupant un angle droit : ce devait être cela, l'hypoténuse, et l'allure de vers de mirliton donné à la formule m'amusait sans doute et la gravait une fois pour toutes dans mon esprit. Peut-être entraîne-t-elle avec elle toutes sortes de notions désormais étrangères : le triangle rectangle, le triangle isocèle, les bissectrices, ces notions qui vaguement se rattachent au souvenir net et cru d'une formule connue par cœur.

De même, un de mes professeurs de français se plaisait à définir la rime avec obstination et d'une voix trop forte, trop martelée, elle nous répétait la formule de définition : « la voyelle sonore et la consonne d'appui ». J'entends encore sa voix insistante, légèrement nasalisée : je trouvais son insistance ridicule, mais sa voix est encore présente en moi, et la définition de la rime ne m'échappera plus jamais.

Il faudrait dans certains de ces exemples souligner la part de l'automatisme : on l'a vue à propos de la prière d'Esther et elle reparaît dans ces formules presque vides de sens qui hantent nos mémoires. Or les travaux des médecins montrent assez que parfois ces automatismes survivent à la perte de tout usage lucide de la mémoire : on le voit par exemple dans le cas de Noémi dans le livre de Jean Delay sur *Les Dissolutions de la mémoire*, page 95. Mais, dans les exemples cités ici et pour des personnes normales, cette sorte de mémoire mécanique n'est jamais seule en cause : les phrases, même absurdes, qui se gravent en nous se combinent avec l'activité de l'esprit et sont presque toujours liées à une expérience personnelle.

Ainsi dans le cas de ce professeur d'astronomie qui, voulant nous faire partager son admiration pour la voûte céleste, nous parlait de la constellation d'Orion et disait l'avoir vue peu de jours avant, déclarant : « Elle était belle, Orion ! » La formule choquait nos oreilles de puristes en herbe, et, à cause de cette maladresse de langue, je me revois dans cette classe, je sais où j'étais assise, je m'amuse encore et je me souviendrai toujours qu'il y a une constellation appelée Orion.

Mais qu'il s'agisse d'ironie ou de pitié, d'agacement ou d'admiration, il semble bien que ces images privilégiées, qui restent comme des bouées à la surface de notre mer intérieure, soient toujours liées à quelque aspect de notre vie affective.

Pour en revenir aux deux exemples cités d'abord, je ne sais trop quel lien avait pu se tisser entre mon amie roumaine et son professeur, mais je sais que, pour moi, j'avais d'abord de l'affection pour Mademoiselle Pottecher, mais que surtout mes rapports avec ma mère étaient tels, que l'émotion de Clytemnestre, perdant sa fille, l'amenant adorée et partant sans elle, m'était terriblement accessible et correspondait à quelque chose de vivace en moi.

Ou bien ce peut être les circonstances qui ont frappé l'élève. Dans son dernier livre, Jacques Laurent parle d'un souvenir qui lui est revenu, dit-il, « je ne sais pourquoi », d'une farce audacieuse qu'il avait juré de faire et qu'il a faite : elle consistait à mêler un vers de Racine et un vers de La Fontaine et à déclarer fièrement :

Ma mère Jézabel devant moi s'est montrée,
Tenant en son bec un fromage.

Il le fit, mais il est clair, d'après son récit, que la crainte qu'il a éprouvée, l'effort qu'il a dû faire, l'angoisse qui l'a habité ce jour-là, expliquent assez ce souvenir. Souvenir peu recommandable, à mes yeux de professeur, certes ! Pourtant il a gravé au moins deux vers dans l'esprit d'un élève qui ne semblait pas particulièrement zélé pour la classe.

Partout on trouverait, je pense, les raisons de cette attention tout à coup en alerte : des affections, des angoisses, des sympathies. Tout cela est d'ordre affectif et non pas intellectuel. Et après tout, Freud signalait déjà le caractère affectif de nombreux oublis : il n'est pas étonnant de retrouver le même caractère ici. Ces exemples positifs ou négatifs ne font, en somme, qu'illustrer le mot de Rivarol dans ses *Maximes et pensées* : « La mémoire est toujours aux ordres du cœur. »

On trouvera peut-être que je développe ici plus volontiers les exemples de souvenirs littéraires. C'est peut-être parce que je suis une littéraire et que j'ai enseigné les lettres. Mais je crois aussi qu'en général ces espèces de petits chocs, qui gravent en nous un souvenir, sont souvent le fait des textes. En réalité, il faudrait dépasser le niveau des études scolaires : l'on s'apercevrait que chacun à un moment de sa vie a vu s'ouvrir un monde avec un livre déterminé, qui soudain l'a touché. Pour les uns, c'est tout à coup la découverte de Gide qui apparaît comme une libération et rejoint leur pensée secrète. Pour d'autres ce sera, au contraire, une réaction à quelque chose d'inexact qui s'est dit en classe, et qui les a renvoyés à un texte qu'ils avaient lu eux-mêmes. C'est le cas pour un jeune homme que je connais, qui, ayant lu Camus et ayant été irrité d'un exposé sur Camus, apparemment approuvé par le professeur, s'est, par réaction, jeté dans le texte avec une admiration accrue. Il y a là une expérience que presque tous connaissent. Elle n'est pas à mettre de façon directe au compte de l'enseignement scolaire. Et l'on comprend bien pourquoi : parce que les études sont nécessairement morcelées, lentes et de surcroît collectives. Mais l'habitude de lire, le goût de lire, se situent dans le prolongement même de ces études littéraires; et ces découvertes affectives — souvent si importantes pour la formation de l'individu — sont en réalité la suite normale des initiations qui se sont faites en classe. On le voit donc : cette préférence soudain donnée aux lettres n'est pas de mon seul fait, elle correspond à une différence réelle entre des études qui fournissent les cadres généraux, et d'autres qui forment l'esprit et se poursuivent dans toute la suite de l'existence.

Au reste, pour compenser ce désordre de petits souvenirs, inutiles et frivoles, j'aimerais en citer un, dont je n'ai eu connaissance qu'il y a une semaine, mais qui me paraît caractéristique de ce que peut apporter et déclencher en nous un enseignement qui soudain nous touche et provoque une certaine émotion.

Il s'agit d'une dame rencontrée dans la rue, que je ne connaissais pas, mais qui m'a reconnue, et qui a reconnu en moi l'auteur d'un livre sur Hector : elle se permettait, m'a-t-elle dit, de m'aborder parce qu'elle avait été émue par ce livre. Mais pourquoi? Non pas à cause des qualités du livre, je regrette de le dire. Elle avait été émue et m'a dit : « Il faut que je vous explique pourquoi. » Quand elle avait environ quinze ans, l'établissement où elle était élève avait un professeur, retraité d'ailleurs, qui venait leur enseigner le grec; non pas la langue grecque que l'on n'enseignait pas aux filles, mais la littérature grecque : je remarque en passant qu'aujourd'hui — mis à part les très rares spécialistes — on ne l'enseigne plus du tout, et que cela est lourd de conséquences. En tout cas, on enseignait donc la littérature grecque, et le professeur venait leur lire des traductions d'auteurs de la Grèce ancienne : un jour il leur a lu — c'était un choix bien légitime — la scène des adieux d'Hector et d'Andromaque, dans l'*Iliade*. L'élève d'alors aurait pu être émue par le texte, directement. Ce n'est pas ce qu'elle m'a raconté. Elle m'a raconté que la classe écoutait, regardant le professeur, et que soudain elle avait vu, pendant qu'il lisait, sur sa joue déjà ridée, couler une larme. Cette larme l'avait saisie, suffoquée, elle s'était soudain rendu compte que la beauté et l'émotion peuvent traverser les siècles, s'attacher à des mots, s'attacher à des images transportées par des mots dans un livre ancien. Du coup, elle avait écouté ce texte avec une sorte de stupeur. Et cela avait eu tant d'importance dans sa vie, que, plus tard, n'étant pas vraiment littéraire, elle était devenue professeur de musique afin, dit-elle, « de communiquer un peu de beauté aux jeunes ». Un lien personnel, une petite aventure du cœur, minime, une petite révélation, peuvent ainsi graver un souvenir pour toujours, et ce souvenir, à son tour, entraîne avec lui quantité de suggestions périphériques. Avec la mort prochaine d'Hector s'inscrivait en elle la notion de ce qu'avait été la guerre de Troie, et tout un pan d'histoire devenait ainsi présent pour elle, marqué de façon indélébile.

Des souvenirs les plus anodins, jusqu'à ceux qui modifient notre existence, on découvre vite quantité de traces présentes en nous, comme des bouées à la surface de la mer, qui évoquent des réalités sous-marines profondes, toute une vie secrète, avec des récifs, avec d'obscurs mouvements, avec tout un monde que normalement nos yeux ne voient pas. Je n'en ai cité ici que quelques exemples au hasard. Chacun a les siens, beaucoup plus nombreux qu'il ne le croit à l'origine; et, à chaque fois, ce sont là comme des petits signes, qui révèlent une vie cachée.

Mais comment l'utiliser, cette vie cachée? Peut-on se contenter de flotter ainsi, avec autour de soi ces amarres, ces bouées, ces herbes flottantes, qui attirent notre attention et ne nous sont guère utiles? Comment nous reviennent-elles? Par quel chemin? Par quel miracle? Quand nous reviennent-elles? Pourquoi nous reviennent-elles? C'est là que les merveilles commencent à se faire jour : il faut que, à partir de ces points visibles, nous puissions entrer en communication avec ces réalités invisibles.

3. Fiches et transmission

Lorsque tout va bien et que les souvenirs surgissent à l'appel en bon ordre, sans difficulté, nous ne nous en étonnons pas; mais ce cas justement ne peut rien nous apprendre. En revanche, dès qu'il y a une petite difficulté, un accrochage, la façon dont se fait la recherche et dont on aboutit à la solution devient révélatrice.

Dans ces cas-là, le jaillissement du souvenir se fait rarement à notre initiative. Tout se passe comme si ces souvenirs étaient rangés en nous comme des fiches, reliées les unes aux autres, pour un travail qui s'accomplirait en nous et sans nous : il comporterait toute une activité dont nous n'avons pas vraiment conscience, mais qui consisterait en une sorte de tri où seraient recherchés un mot, un signe, un repère, qui devraient aboutir à faire sortir la bonne fiche et la bonne réponse.

J'ai eu, la semaine dernière, l'occasion de le vérifier de façon amusante. Il ne s'agit pas d'un souvenir d'élève, mais d'un souvenir de professeur. J'ai dîné avec une femme que je connais bien, que j'ai vue souvent, mais qui, à ma connaissance du moins, ne m'avait jamais dit qu'elle avait été mon élève en Première supérieure à Versailles. Elle me rappela ce fait, je cherchai dans mes souvenirs, ne trouvai rien. Nous cherchâmes ensemble quelle année c'était, quels camarades elle avait eus ; peut-être que les noms me rappelleraient quelque chose, ou bien à elle ; mais nous étions assez pauvres en repères — l'une et l'autre. Aussi ai-je avoué, sans plaisir, naturellement : « Non, je suis désolée, je ne me souviens pas. » Et puis, dans un sursaut de curiosité, je lui ai demandé comment elle s'appelait alors. Elle me dit son nom de jeune fille. J'aurais dû le connaître, bien entendu, mais je n'y avais pas prêté attention ; jusque-là rien d'étonnant. Mais ce nom de jeune fille fut comme un appel et, en me tenant tranquille, peu à peu, tout est revenu. « Bien sûr ! » lui ai-je dit, « bien sûr, je me rappelle, vous étiez très bonne en récitation, oui, je revois votre écriture : une grosse écriture un peu ronde, droite, je revois où vous étiez placée dans la classe, vers la gauche, au deuxième rang. » Toute la présence de cette classe oubliée, de cette élève oubliée et les petites particularités d'alors m'avaient été données avec son nom, comme si dans mon esprit j'avais tiré la fiche : Laure Dubreil !

L'exemple est si net qu'il m'a, sans doute, incitée à parler de fiches. Mais les souvenirs ne sont pas toujours rangés sous des noms propres et les classements peuvent varier de cent façons. On dirait comme autant de petites roues dentées, qui s'accrochent, qui peuvent se brancher sur un rouage, sur un autre, en glissant de façon complexe et mystérieuse au-dedans de nous-mêmes, sans que nous le sachions.

Il est des associations toutes sages, par catégories, qui font effectivement penser à des fiches. Je me souviens ainsi d'un candidat à la licence qui, rencontrant dans un texte grec l'adjectif signifiant « noir », traduisit par « blanc » ; c'était, à mes yeux, tout le contraire ; mais il m'affirma fièrement : « Je savais bien que c'était un nom de couleur ! » Sur le moment, sa réponse me choqua, comme dénotant un manque d'honnêteté intellectuelle. Sans doute disait-il la vérité : la traduction de ce mot avait été rangée dans la catégorie « noms de couleurs », et c'était tout ce qu'il en restait.

Mais il est aussi des associations et des classements plus subtils. Dans mon expérience personnelle, je cueille ainsi des exemples de toutes sortes de liaisons différentes.

Il y en a qui semblent fonction d'une localisation dans l'espace. Ainsi, cette petite recherche naïve et sans grand intérêt, recherche d'un nom propre oublié. Alors que je descendais en voiture vers le Midi, je tentais de retrouver le nom du portier de l'hôtel auquel descendait régulièrement ma mère à Aix-en-Provence. C'était un portier plein d'attentions et avec qui nous avions des relations amicales depuis des années. Mais impossible de retrouver son nom ; je m'interrogeais en vain, trouvant bien ingrat de l'avoir complètement oublié. Et puis, au moment où j'ai pénétré dans les bouches du Rhône, où je me suis retrouvée dans ce paysage de garrigues et d'oliviers qui accompagnent ma vie là-bas, alors, sans aucun effort, tout naturellement, le nom m'est revenu : il faisait partie de ce contexte géographique représentant ma vie en Provence.

Ou ce peut être plus modeste. Ainsi, la semaine dernière, je cherchais non pas un savoir ni un nom, mais simplement une cassette. Je m'en étais servie la veille, mais où l'avais-je rangée ? J'errais dans la pièce cherchant, remuant dans ma mémoire diverses possibilités : rien ! Mais au moment où j'approchais d'une machine qui est placée dans un coin de la pièce, je me suis rappelée avec netteté avoir posé la veille cette cassette sur la machine, puis, me ravisant et jugeant la place mauvaise, l'avoir posée tout à côté, dans un cendrier. Ce n'était pas une très bonne place, peut-être l'avais-je oubliée pour cette raison même, mais le souvenir, ici encore, est venu en fonction d'une certaine place dans l'espace.

Il en va de même pour les connaissances intellectuelles. Je sais qu'il m'arrive de rechercher en vain dans ma mémoire une citation que je connais bien et, ne la trouvant pas, de m'approcher de la bibliothèque : au moment où ma main va se poser sur le livre, le souvenir revient.

Cela est si vrai que dorénavant, quand je cherche un souvenir, j'essaie de m'orienter vers l'endroit de la pièce ou vers la position auxquels ce souvenir devrait être lié. Mais ceci, naturellement, n'est qu'un exemple ; il y a bien d'autres liens et bien d'autres formes de rangement. J'ai été frappée comme professeur de voir avec quelle facilité les élèves confondaient des événements de même structure, si l'on peut dire. Ainsi il se faisait une confusion pour eux entre les différentes guerres au cours desquelles la Grèce avait dû défendre son indépendance dans l'Antiquité contre les Perses dans les guerres médiques, puis contre Philippe de Macédoine et, constamment, la confusion entre les deux revenait. On aurait dit que ces fiches avaient été classées en fonction de la forme de l'événement et du schéma auquel il correspondait.

D'autres fois, le classement peut se faire non pas seulement par les noms, mais par leur formation grammaticale. L'autre jour, je cherchais le nom d'une petite ville que je connais bien, près d'Aix-en-Provence, et je m'étonnais, étant donné sa familiarité, de ne pas le retrouver immédiatement. Mais c'est qu'il y avait un obstacle. Un premier nom surgissait et s'imposait : La Sauve-Majeure ; et cela m'irritait ; car je savais fort bien que La Sauve-Majeure se trouvait aux environs de Bordeaux. Je voulus chasser le nom et un autre surgit aussitôt : L'Isle-sur-Sorgue ; et je fus encore plus mécontente, car je savais que L'Isle-sur-Sorgue est proche d'Avignon. Que faisaient là ces deux intrus qui me gênaient et n'auraient pas dû surgir de la sorte ? L'explication m'apparut dès que je retrouvai le nom de La Tour d'Aigues, car je reconnus aussitôt que les deux fiches malencontreusement surgies dans mon esprit représentaient la même structure verbale d'un nom précédé de l'article défini et suivi d'un déterminant.

On reste stupéfait devant la multiplicité de ces liens, où se mêlent des rapports de sens, de sonorité, de domaines géographiques, etc. Cette complexité semble ne comporter aucune limite ; et en suivre les méandres a quelque chose de fascinant.

J'aimerais à cet égard citer certains exemples admirablement décrits par Nathalie Sarraute dans son dernier livre *Ici*. Le sujet en est à plusieurs reprises la recherche d'un mot oublié. Et il est amusant de noter les différents essais et les différentes sortes de rapports auxquels l'auteur a recours pour tenter de saisir ce souvenir encore enfoui dans les profondeurs. Ce sont quelquefois des sonorités d'une syllabe qui revient, et même, dans le second cas, il s'agit d'une syllabe soutenue par une association verbale, qui est un jeu de mots. Résumée de la sorte, cette recherche semble bien compliquée et pédante. Lue sous la forme d'un récit vivant, semé d'hésitations et d'émotions diverses, elle paraît toute naturelle. L'auteur cherche le nom d'un arbre. Après de longs efforts, l'image même de l'arbre suggère la gaieté et le rire ; et le rire évoque la fin du mot — qui est « tamaris » :

« Alors que tout autour de lui disparaisse, qu'il ne reste ici que ce qui n'est qu'à lui, cela seul, il faut l'examiner de très près, c'est cela seul qui le distingue de tous les autres arbres, ce sont là ses signes particuliers... ces branches de fleurs rose pâle... duveteuses, vaporeuses... elles flottent autour de lui... elles l'entourent d'une brume légère... Quelque chose se condense, va sourdre... qu'est-ce que c'est ? C'est quelque chose de joyeux, oui, de rieur... des rires... des ris... ris... Tamaris... aucun doute possible, c'est un tamaris... d'un seul coup tout est revenu... un tamaris... Le *ta*lisman était passé tout près, mais il n'avait servi à rien... comment ce gros et encombrant *lisman* qui était accroché à *ta* aurait-il pu permettre de suivre à la trace, de rejoindre tamaris ? Ta-ma-ris... »

Nathalie Sarraute décrit aussi la joie, la délivrance que l'on éprouve à retrouver le mot. Cette joie est la même pour tous les souvenirs, qui ainsi reviennent après avoir été cherchés. C'est un peu la joie de la réussite. Il peut s'y mêler des sentiments plus complexes. Pour beaucoup, il s'agit de souvenirs scolaires : ce sera l'émotion de retrouver son enfance, d'être ramené à un moment où l'on était en amitié, en solidarité avec ses camarades ou quelques-uns de ses camarades. Dans les souvenirs que j'ai pu évoquer précédemment, il y avait l'entente de la classe, la connivence, la complicité. Une bouffée de ces plaisirs candides me revient en même temps que le souvenir. D'autre part, pour certains souvenirs littéraires, il s'y ajoute une autre connivence : c'est ainsi qu'une citation retrouvée à plusieurs et saluée ensemble devient comme un signe de ralliement et un plaisir partagé à se reconnaître la même culture. De toute façon, chez tous, au plaisir du succès enfin remporté se mêle l'émotion du temps retrouvé, car c'est bien de cela qu'il s'agit.

Par des chemins divers, par des liaisons subtiles, inattendues, tout ce que nous avons appris peut ainsi revenir à l'appel, après un travail qui n'a pas été le nôtre.

Le visage de l'élève qui d'abord ne savait pas répondre, qui cherchait obstinément et qui soudain se rend compte qu'il connaît la bonne réponse et qu'il peut ajouter des détails, que les souvenirs reviennent en abondance, ce n'est pas seulement le visage heureux de celui qui va avoir une bonne note, ou recevoir une récompense : c'est aussi le sentiment profondément rassurant, qui consiste à s'apercevoir que tout cela, qu'il avait appris, a finalement résisté, existe en lui et justifie, en somme, le labeur passé qui lui a parfois semblé bizarre.

Une question toutefois se pose. On a déjà fait allusion ici aux remarques d'Hector Bianciotti sur l'infidélité du souvenir. Selon lui, on ne retrouve pas l'événement, mais la forme qu'il avait la dernière fois qu'il s'est présenté à nous et que la mémoire depuis lors ne cesse de modifier. S'il en est ainsi, nos souvenirs scolaires falsifiés, déformés, inexacts, ne seront pas d'une grande utilité. Mais en est-il ainsi ? Je crois profondément à la vérité de cette analyse. Mais il s'agit là de souvenirs personnels, d'aventures vécues, d'événements nous concernant. Or dans les souvenirs de savoir, qui sont ceux qui nous préoccupent, le cas est quelque peu différent. Certes, il y a des modifications et des souvenirs inexacts, il y a des souvenirs qui se télescopent, qui se confondent. Il y en avait déjà — je le rappelle — quand nous étions en classe : il nous arrivait en récitant la leçon apprise la veille de la réciter de travers. Avec le temps, il peut arriver que plusieurs histoires se mêlent et que l'on prête à un personnage des actions appartenant à un autre, ou bien à un pays des particularités concernant un pays voisin. Tout cela est possible. Cependant les souvenirs des connaissances acquises dans l'éducation sont beaucoup moins que les autres liés à notre vie personnelle, à nos désirs, à nos regrets, et sont par suite plus solides et plus résistants. L'hypoténuse, les vers de Racine : je ferai une faute peut-être dans les vers de Racine, mais je ne vais pas leur donner un tout autre sens avec le temps. À plus forte raison, tout ce qui est description de la terre ou bien connaissance abstraite ne sera pas soumis à ces déformations incessantes de la vie affective.

Il reste que les souvenirs subissent une érosion.

On l'a vu pour les noms propres. On l'a vu pour les dates et le fait est que ces petites précisions sont les premières à disparaître. Mais que l'on ne s'y trompe pas ! Il ne s'agit pas là d'une exclusivité. Le contraire peut très bien se produire ; à savoir que le nom soit présent à l'esprit, mais que le savoir proprement dit qui le concernait ne revienne pas pour autant. Si je dis le nom de Charlemagne, il est familier à tous ; il évoque — quoi ? Une « barbe fleurie » ? Ce n'est pas grand-chose. Peut-être des combats ? Roland à Roncevaux ? C'est bien vague ! Un vaste pouvoir en Europe ? Mais jusqu'à quelles limites ? On va peut-être parler de rapports difficiles avec le pape, par une confusion avec Frédéric Barberousse (à cause de la barbe ?)!! Bref, sur ce très grand homme, on ne saura rien, sinon qu'il fut très grand, il y a longtemps... La fiche Charlemagne, si l'on peut s'exprimer ainsi, a été complètement usée, comme si l'encre avait pâli, comme si les détails avaient disparu, comme si les petites roues dentées avaient été peu à peu réduites à rien. Et comme si, par suite, elles ne pouvaient servir à aucune connexion ou transmission : impossible dans ce cas de faire remonter le souvenir ! Tout s'use ; tout s'oublie.

En un sens, la mémoire est à cet égard un mauvais ordinateur, où les documents s'abîment, où la mémoire — comme on l'appelle — est peu sûre. Mais, en revanche, notre mémoire à nous a sur celle de l'ordinateur une supériorité sans pareille. C'est que, lorsque ces petits signes de reconnaissance, ces petites marques servant au rappel, au classement et au resurgissement de la bonne fiche au bon moment, se trouvent avoir été usés, d'autres circuits s'établissent spontanément, d'autres liaisons surviennent, d'autres classements surgissent en remplacement. On a vu quel détour représente parfois la recherche d'un souvenir : il s'établit alors des transmissions selon des circuits imprévus ; les fiches s'usent vite, mais les possibilités de les retrouver se multiplient de façon vivante et toujours renouvelée.

De plus, on aura remarqué cette autre admirable possibilité, à savoir que les fiches même usées, floues et presque inutilisables, peuvent toujours servir de repère. Elles n'ont pas à surgir seules par elles-mêmes. Même imprécises, elles aident à un travail constant de vérification, de comparaison et de précision progressive. J'ai dit que le duc Decazes pour moi avait servi un roi. Le souvenir était vague, mais par élimination je pouvais dire que ce n'était pas celui-ci, pas celui-là, donc limiter, préciser le choix par une sorte de raisonnement. De même, quelqu'un pourra ne pas savoir tracer le cours du Danube, mais être choqué, voire scandalisé à l'idée que ce fleuve traverserait, par exemple, Varsovie. Entre l'ignorance absolue et le souvenir flou, il existe un abîme.

C'est pourquoi il faut apprendre le plus de choses possible en classe ; car ce sont là des repères qui serviront plus tard à l'homme fait, pour alimenter et fonder son jugement. Il aura des points de comparaison d'abord isolés et vagues, mais se reliant les uns aux autres par une sorte de filet ou de trame générale dans laquelle viendront s'insérer ensuite toutes les connaissances qu'il amassera au cours de sa vie, tous les moyens de répondre aux problèmes qui surgiront. Plus ces repères seront nombreux, plus son jugement sera mûr et lucide, mais de toute façon, même le plus mauvais élève, après les études les plus courtes et les plus maladroitement menées, possédera ces repères et ces fiches sans lesquelles aucune pensée n'est possible.

Encore n'avons-nous vu là qu'une toute petite partie de ce monde invisible, juste ce qui émergeait, pouvant se rattacher à un élément un peu stable, noté une fois pour toutes et utilisable.

Mais, s'il en est ainsi, il n'est pas nécessaire que les souvenirs remontent jusqu'à la conscience pour exercer leur influence. Et voilà alors ce monde intérieur qui se multiplie à l'infini, grâce au trésor caché des souvenirs oubliés. Une dimension nouvelle apparaît, et des richesses nouvelles s'ouvrent à nous.

II

« J'ALLAIS LE DIRE »

Les analyses qui précèdent ont abouti à l'idée qu'il existait un abîme entre l'ignorance absolue et le souvenir oublié. Comment peut-on tout à la fois savoir quelque chose et ne pas le savoir ? Cet apparent paradoxe correspond, en fait, à une expérience tout à fait commune, à laquelle seulement on ne prête pas suffisamment attention.

1. *Le paradoxe de l'oubli*

Ces degrés de l'ignorance sont en fait immédiatement perceptibles. Une fois où je partais en voyage, ma femme de ménage, une femme d'origine étrangère et de formation très simple, apprit que je partais pour Athènes. Elle a eu un sourire aimable et m'a demandé poliment : « C'est en France ? » Il est évident que dans cette éducation différente donnée dans un pays lointain et arrêtée assez tôt, elle n'avait jamais entendu parler d'Athènes. Mais supposons que je dise à une Française quelconque : « Connaissez-vous Uzès ? » et qu'elle me réponde : « Uzès ? Ah non, je ne vois pas » ; je pourrais alors lui dire : « Je m'y rendrai certainement cet été : depuis Lyon, c'est à deux pas ! » Je pense que je verrais alors passer une ombre sur son visage. Elle ne savait pas où se trouvait Uzès, mais elle savait obscurément que cela ne devait pas être si près que cela de Lyon ; d'où cette surprise vite dominée, à peine avouée.

Avoir une notion et pourtant croire que l'on ne sait rien : voilà qui est étrange. Pourtant, l'on fait cette expérience tous les jours, couramment, sans s'étonner de rien — parce que l'on ne s'interroge pas sur le sens de ce paradoxe.

Il suffit de reprendre certains exemples donnés au chapitre précédent. On y a cité les efforts faits pour retrouver, entre autres, un nom que l'on a oublié. L'intérêt était alors de suivre la démarche et les détours par lesquels on arrivait à le retrouver. Mais il vaut aussi la peine de s'arrêter au statut de cette connaissance et de ce souvenir perdus, qui existent en nous avant de remonter à la conscience, de chercher ce qu'ils peuvent être indépendamment de tout effort, réussi ou non, pour les trouver. Alors, si nous nous arrêtons à cette question, nous découvrons bien vite que, même si nous ne parvenons pas à les retrouver, ils ont une existence en nous indéniable : sans pouvoir les formuler, nous pouvons, d'une certaine manière, les utiliser.

Nous le savons tous, nous en faisons l'épreuve tous les jours : quand on recherche un savoir oublié, que ce soit un événement de notre propre vie ou bien une connaissance acquise en classe, le résultat est le même. Rien que le fait de chercher, rien que le fait de croire que l'on va trouver, est révélateur. Qu'est-ce que cela veut dire ? Cela veut dire que nous avons malgré tout de quoi le chercher, une trace quelconque, un indice, une présence sous une forme mystérieuse de ce souvenir inaccessible. Si nous cherchons un nom propre, par exemple, on nous dit : « C'est Jacques ou Fernand », — « Non, non », répondons-nous. Nous savons parfaitement que ce n'est ni Jacques ni Fernand. Comment le savons-nous ? Nous pouvons même décrire un souvenir dont nous ne disposons plus ? Il s'agit d'un nom propre qui tarde à revenir, chacun en a fait souvent l'expérience. On se risque même à dire : « C'est un nom plutôt long, trois syllabes je crois, c'est un nom bizarre, avec beaucoup de consonnes », ou bien : « C'est un nom très court, très sonore. » Nous nous risquons même à dire : « Il me semble qu'il y avait un z ou deux t. » Quelquefois, ces indications sont inexactes, car les souvenirs prétendument oubliés peuvent prêter à la même confusion que ceux qui reviennent à la mémoire. Mais enfin le fait est là, nous entreprenons de décrire des souvenirs qui pourtant ne nous sont pas accessibles.

Dans tous les cas où l'on nous cite d'étranges pertes de mémoire, je dirais que les survivances sont plus étranges encore. On m'a ainsi rapporté le cas (que citait Jean Delay) d'un homme qui ne pouvait mentionner les noms propres les plus connus que par l'initiale : le souvenir du nom était oublié, mais sa trace subsistait et quelque chose affleurait ! Pourtant, il s'agissait d'un cas presque pathologique.

De telles survivances se retrouvent à chaque instant. On s'en aperçoit pour les citations. Tel vers nous est sorti de l'esprit; on nous cite ce vers en suggérant : « C'est peut-être Victor Hugo », — « Non, non, sûrement pas », — « Alors Musset, alors Ronsard ? » Tous les noms peuvent défiler, nous savons quelque part très bien quel est le véritable auteur de ce vers et nous ne pouvons pas le dire. Ce n'est pas le mot seul qui nous manque, le mot ou le nom propre : c'est la connaissance, car nous ne pouvons pas décrire l'œuvre à laquelle il est emprunté. Quelque chose en nous sait, alors que nous, nous ne savons pas.

D'ailleurs, on peut faire une expérience comparable : citez un vers en y changeant délibérément deux mots, votre interlocuteur, qui prétendait ne pas connaître ce vers, éprouvera le même malaise que la personne à qui je parlais d'Uzès tout à l'heure ; il disait ne pas connaître le vers, mais il sait que ce n'est pas exactement celui qu'on lui offre. De même, dans un récit, qu'il soit historique ou tiré d'un roman, voire un récit de faits réels, si l'on change quelques détails, un nom, un enchaînement, une bataille, n'importe quoi, la personne à qui l'on parle, et qui prétendait ne pas savoir, aura ce visage un instant dérouté de celui qui reconnaît que quelque chose n'est pas en place.

D'ailleurs, il suffit de se reporter aux formules employées dans la vie courante. Combien de fois nous les avons entendues, ces formules : « Oh, je ne connais que cela ! », « Comme c'est bête, je le sais ! », ou encore « J'ai le mot au bout de la langue ». Et puis, quand on apporte enfin à la personne consultée la solution qu'elle ne trouvait pas, cette formule si fréquente dans la vie courante, mais aussi si fréquente dans les interrogations du professeur à l'élève — qui déclare avec enthousiasme et surprise : « J'allais le dire ! »

On allait le dire, mais on ne l'a pas dit. On avait un sentiment confus de la réponse à donner, mais on n'avait pas la réponse. Toute la différence est là.

Et puisque je parle d'élèves, et que je pense ici avant tout aux trésors des souvenirs scolaires, je puis dire qu'il est très facile de distinguer d'après le visage d'un élève que l'on interroge, quel que soit le niveau auquel se place l'interrogation, celui qui ignore vraiment et celui qui ne peut pas trouver la réponse mais en possède en lui les éléments. Autrement dit, on peut reconnaître celui qui véritablement allait le dire et celui qui était très loin du compte. Le vrai ignorant cherche, mais au hasard ; son regard erre, il se demande où diable il pourrait bien trouver quelque chose qui corresponde à la question posée et il attend en somme que le temps passe puisqu'il ne saura en tout cas pas répondre. L'autre, au contraire, se concentre, exaspéré. Il sait très bien qu'il a appris cela, que cela se rattache à quelque chose, que peut-être en faisant très attention, en cherchant mieux, il va le trouver, il voudrait expliquer au professeur qu'il le sait, qu'il le sait très bien, qu'il faut attendre un peu, patiemment, et que la réponse va venir. L'élève vraiment ignorant aura le regard qui flotte, vide ; l'autre sera tendu et concentré, le savoir est en lui, enfoui mais pas tout à fait perdu.

Parfois il n'ose pas dire ce qui lui vient à l'esprit parce qu'il a conscience que c'est beaucoup trop vague ; mais dans sa recherche tâtonnante, il y a pourtant des lueurs et de vagues connaissances auxquelles il voudrait se raccrocher.

Ces connaissances existent donc et l'on peut faire la contre-épreuve car, quelquefois, en réponse à une question posée ou bien parce que l'on recherche un savoir, un souvenir, on va un peu trop vite et, les fiches intérieures se confondant, l'espèce de tête chercheuse qui remue parmi ces restes attrape la mauvaise fiche, pour peu qu'elle ressemble à la bonne, et l'apporte jusqu'au seuil de la conscience. Juste à ce moment-là, l'élève qui énonce la mauvaise réponse s'en rend compte ; l'expérience nous est familière : dans ce cas nous comprenons que nous avons été trop vite et, horrifiés, alors que nous prononçons cette réponse, quelque chose en nous la chasse avec indignation, comme un intrus et comme une imposture.

Là aussi, par conséquent, il apparaît clairement que l'on peut tout ensemble ne pas posséder une connaissance et ne pas non plus l'ignorer.

2. Tâtonnements

Pour tenter d'y voir plus clair, je me suis amusée, ces temps derniers, à poser un certain nombre de questions, toujours les mêmes, aux personnes que je rencontrais, leur demandant à chacune ce que leur suggérait tel ou tel mot. Il ne s'agissait pas du tout de mesurer leur savoir ; et je les en avertissais. J'ajouterai que ceux qui, en fait, savaient et donnaient la bonne réponse ne m'intéressaient pas. Seuls m'intéressaient ceux qui, ne sachant pas, se raccrochaient à des lueurs vagues et peu sûres par lesquelles ils tentaient de parvenir jusqu'au savoir défaillant. Ainsi pouvait s'éclairer cette vie mystérieuse que conservent en nous et à notre insu les savoirs oubliés.

Je les ai ainsi interrogés sur des mots, noms communs ou noms propres, qui ne correspondaient pas à un savoir très couramment répandu, mais faisaient appel à des connaissances jadis acquises en classe.

Par exemple, parmi les mots que je proposais, il y avait le mot métatarse. Toutes les réponses ont su dire qu'il s'agissait d'un os ; presque aucune n'a su préciser exactement quel était cet os. Et de même pour l'humérus. Mais l'hésitation même était symptomatique ; car on me répondait aussi pour le métatarse que c'était un os du poignet ou du pied et, pour l'humérus, que c'était un os de la jambe ou du bras. Au-delà on s'en remettait au hasard, de toute évidence. Mais il apparaissait clairement que le souvenir avait malgré tout été classé, que l'on avait gardé le sens de la catégorie — un os —, mais aussi celui de l'appartenance plus précise puisqu'on n'hésitait, chaque fois, qu'entre deux solutions assez voisines et l'une et l'autre acceptables. J'ai d'ailleurs rencontré, fugitive mais amusante, l'ignorance réelle quand on me répondait à propos de l'humérus : « Ah, mais je n'ai jamais fait de latin. » Le cas, cependant, était exceptionnel. Pour le reste, c'est-à-dire la grande majorité des réponses, seule manquait la précision du détail vraiment rigoureux. Même chez ceux qui ne savaient pas, il restait par conséquent quelque chose d'imprécis mais d'utilisable. Ils n'étaient pas du tout sur le même plan que ceux qui n'auraient rien appris.

Parmi les autres mots proposés figuraient deux noms propres.

L'un était Helsinki. Et là encore, les réponses, sans être exactes, n'étaient pas nulles. Presque tout le monde m'a répondu que c'était une capitale d'un pays du nord de l'Europe. Les uns ont voulu préciser la Suède, d'autres la Norvège : seuls ont donné la bonne réponse, naturellement, ceux qui ont dit que c'était la capitale de la Finlande. Mais là aussi l'orientation était juste : personne n'a songé à me dire que c'était une ville, par exemple, d'Amérique du Sud. On voyait en gros une direction. Ceci sera d'ailleurs à retenir, car, en dehors du contenu même du savoir, celui-ci comporte comme une sorte d'appel et d'affinité qui le tourne vers des éléments de même famille et l'associe à eux, formant ainsi une sorte de vie propre en nous.

Enfin un autre mot présentait une difficulté assurément plus grande. C'était le mot Nabuchodonosor. Tout d'abord s'est vérifié ce qui a été dit au chapitre précédent sur le rôle de la vie personnelle et des souvenirs plus ou moins affectifs. En effet, ceux qui sans être très savants avaient du goût pour la musique, et ils étaient assez nombreux, ont tout de suite répondu : « Ah, *Nabucco*, l'opéra de Verdi. » Et il est exact que Nabucco est l'abréviation de Nabuchodonosor. Naturellement ils étaient un peu gênés par la suite et de ce donosor qui faisait penser à dinosaure ; on voyait par là qu'ils n'étaient guère habitués au nom complet et peut-être ne le connaissaient pas vraiment. En tout cas, ils ne connaissaient ni le personnage ni quoi que ce soit le concernant.

En revanche, certains savaient en gros qui était Nabuchodonosor. Je dis « en gros » car aucun d'eux ne pouvait le moins du monde préciser. De plus, les connaissances qu'ils tentaient de retrouver avaient souvent subi des glissements et versé dans l'inexactitude. Certains ont su dire que c'était un roi dans un pays d'Orient régnant à une époque ancienne. C'était vrai, mais très imprécis, puisque si je demandais quel pays et à quelle époque, je ne recevais plus aucune réponse autre que des aveux d'ignorance. On voit donc là la simplification qui se fait et on constate qu'il reste quelque chose malgré cette simplification, une orientation générale, une idée sommaire, quelque chose. Personne, sauf un professeur, n'a su me dire que c'était un roi de Babylone.

Mais de façon plus surprenante, il y a eu des glissements. Un garçon, assez cultivé, m'a dit : « Je le situerais en Égypte car je vois ce nom lié à l'idée d'une captivité des Juifs. » Le rapport était parfaitement exact et la captivité des Juifs était une notion tout à fait correcte. Mais il a cru, à cause de cela, à l'Égypte sans penser qu'il y avait eu une autre captivité — celle de Babylone. L'exemple montre donc qu'il subsistait chez lui une idée, une représentation schématique, mais interprétée à tort. On retrouve là ce rapprochement de souvenirs par la structure même de l'événement qui a été mentionné au chapitre précédent avec l'exemple des guerres de la Grèce pour sa liberté : dans les deux cas, il a mené à une erreur ; mais ce qui compte ici est de constater que de cet événement oublié restait malgré tout ce schéma exact qui survivait à ce prétendu oubli total.

Il y eut d'autres réponses suggérant des confusions comparables ou peut-être des souvenirs mystérieusement conservés à partir de l'opéra ou à partir de documents historiques. On m'a parlé d'éléphants, on m'a parlé de codes et de pays lointains. Je dois dire que dans notre monde où la culture religieuse a été en quelque sorte supprimée, je n'ai rencontré en tout qu'une personne qui savait se référer au Livre de Daniel dans la Bible et à tous les récits relatifs à Nabuchodonosor.

En tout cas, cette enquête — qui n'a pas pris de vastes proportions et ne ressemble guère à un sondage national — a bien mis en lumière deux faits relatifs à ces souvenirs oubliés. Le plus évident est que, malgré les différences individuelles et la variété des réponses, presque tout le monde avait conservé quelque chose. Quelque chose de vague, de peu utilisable et de peu disponible, mais quelque chose de présent, à quoi se raccrocher. Le second fait est que ces connaissances si usées, si simplifiées, si déformées parfois, avaient pourtant une aptitude à tenter de se regrouper, de retrouver d'autres souvenirs et de chercher en quelque sorte une issue vers la conscience.

Il en serait d'ailleurs de même de toutes ces interrogations où la réponse se fait attendre ou ne vient pas. Je rappelais à l'instant l'image de ces deux élèves cherchant la bonne réponse et dont l'un seulement a en lui la trace d'un savoir oublié : la différence dans leur regard révèle donc, on le voit, tout un abîme de richesses latentes.

3. Doctrines de la remémoration

En un sens, l'attitude du professeur qui attend la réponse de l'élève et cherche à l'encourager peut se comparer à celle du psychanalyste qui tente, lui aussi, de faire émerger dans la conscience de son patient des souvenirs enfouis si profond, qu'ils pèsent sur sa vie sans qu'il s'en rende compte.

Pourtant, les souvenirs dont il s'agit ne sont pas de même nature et la méthode à appliquer pour les retrouver est également très différente. Dans la psychanalyse, il s'agit de souvenirs qui ont été écartés sinon volontairement, du moins dans une sorte de défense spontanée et qui sont, à cause de cela, devenus étrangers à la conscience. Par conséquent il faut, et avec de l'aide, tenter d'écarter les diverses couches qui ont recouvert ces souvenirs sous lesquelles on a voulu les ensevelir et les annihiler. Il est assez beau de penser que, même quand nous voulons oublier, nous arrivons à débusquer les souvenirs. Mais dans le cas des savoirs oubliés, des noms perdus, des mots confondus, des renseignements historiques devenus hors d'atteinte, des formes verbales et des déclinaisons dont nous avons égaré la clef, il ne s'agit plus de connaissances qui auraient été, par une sorte d'instinct, recouvertes et cachées sous des masses destinées à les dissimuler complètement : il s'agit de souvenirs que l'usure normale, le temps, peut-être l'indifférence, ont tout naturellement usés et détériorés. Et, cette fois, la méthode est naturellement différente ; elle consiste avant tout à faire silence, à vider notre esprit de tout ce qui peut barrer la voie, à attendre que le souvenir remonte, rattaché par quelques liens, quelques rapports, quelques parentés avec les éléments dont nous pouvons encore disposer. Nous pouvons donner notre attention à ces rapports, mais il ne faut pas trop nous concentrer, il faut laisser faire le mouvement intérieur.

Montaigne, déjà, connaissait bien le risque d'une recherche trop intense ; et, se plaignant de sa mémoire, il écrivait (dans *De la Présomption*) : « Plus je m'en défie, plus elle se trouble ; elle me sert mieux par rencontre. Il faut que je la sollicite nonchalamment ; car, si je la presse, elle s'étonne ; et depuis qu'elle a commencé à chanceler, plus je la sonde, plus elle s'empêtre et embarrasse : elle me sert à son heure, non pas à la mienne. »

Peu d'effort, donc : simplement une attente, patiente. Simplement, lorsque quelque chose commence à faire sentir sa présence, lorsque l'on perçoit une approche, un mouvement obscur, alors il faut guetter et c'est un peu comme le pêcheur à la ligne qui a senti vaguement que cela mordait ; il ne faut surtout pas qu'il bouge, mais qu'il reste tranquille et, quand quelque chose semble se préciser, une petite secousse légère l'aide à accrocher sa prise jusqu'à ce qu'enfin il ramène au jour, frétillant et brillant, le souvenir vivant.

Une secousse trop vive et le souvenir se décroche et disparaît : tous les pêcheurs à la ligne le savent. Ou bien un manque d'habitude qui fait qu'il jauge mal la prise et qu'il ramène triomphant un paquet d'algues dégoulinant et sans intérêt : cela aussi arrive.

Mais il ne s'agit pas tant ici de décrire le procédé à suivre et son éventuel succès, comme cela a été esquissé au chapitre précédent : ce qui doit retenir l'attention, cette fois, c'est le caractère spontané, complexe, mystérieux de cette vie intérieure des souvenirs alors même qu'ils nous échappent. La spontanéité qui permet, à l'inverse de la psychanalyse, de laisser faire et laisser passer, est un des signes les plus originaux de cette vie que conservent en nous les souvenirs oubliés, quand ce sont des souvenirs scolaires, sans gravité et au contraire utiles.

Le monde auquel appartiennent ces souvenirs est un monde vivant et libre où presque rien, jamais, ne se perd.

Étonnante complexité ! Il en va un peu comme de ces merveilles du système nerveux que nous apprenons chaque jour à mieux connaître avec ses informations, ses transmissions, ses relais rapides et efficaces ; il en est un peu comme de la complexité même de tout ce que nous avons appris sur le système génétique, sur toute la biologie, avec ses centres de renseignements, ses ordres donnés, ses transmissions d'indications en tous sens, cette défense de l'organisme qui utilise tant et tant de mécanismes d'une subtilité déroutante.

Ce qui se passe dans notre esprit, dans notre mémoire, ce qui se passe avec nos souvenirs, même quand nous les avons oubliés, n'est pas moins merveilleux : c'est du moins ce que révèlent les plus humbles détails de notre vie quotidienne et les expériences les plus banales du bon et du mauvais élève.

Mais, du coup, nous nous trouvons côtoyer un certain nombre de doctrines et d'interprétations avec lesquelles il est indispensable de comparer nos analyses.

Les Grecs avaient un très beau mot pour désigner la remémoration. Ils l'appelaient *Anamnesis*. *Ana*, le préfixe, veut dire « vers le haut, en montant ». Cela correspond bien à cette impression d'un grouillement de possibilités et tout à coup de la montée vers la conscience du souvenir, du savoir oublié. Le mot remémoration, comme les verbes parlant de se ressouvenir ou se rappeler, insistent plus sur l'idée de recommencement, ils désignent le résultat du souvenir revenu, ils ne désignent pas, comme en grec, la montée vers la conscience qui précède cette nouvelle présence.

En fait, quand le souvenir revient, de façon encore vague et sans que nous ayons compris par quels mécanismes il nous est donné, on ne parle ni de souvenir ni de remémoration : on parle de réminiscence.

Mais voilà qu'à son tour le mot même de réminiscence suggère la pensée platonicienne.

Platon avait en effet le sentiment très vif de ces connaissances enfouies en nous et dont nous n'avons pas vraiment conscience. Socrate, son maître, prétendait exercer l'art de la maïeutique, c'est-à-dire de l'accouchement, car son rôle consistait, d'après lui, à faire surgir chez son interlocuteur une idée qui était en lui et dont il n'avait pas reconnu l'existence. C'est là un beau rôle pour un professeur. Mais, de façon plus précise, Platon a traité de la réminiscence dans un dialogue, intitulé le *Ménon*. Là, Socrate convoque un esclave et lui pose des questions sur la géométrie, comment on double, on quadruple un carré, quel est le rapport avec la longueur des côtés. Cet esclave, on le précise bien, n'a jamais étudié avec un maître; et pourtant il répond aux questions de Socrate avec sûreté, arrive à une erreur, la découvre et puis commence à la rectifier. Bref, il révèle des connaissances assez imprécises dans sa conscience, mais réelles et sûres et qu'il n'a jamais apprises. C'est, selon le mot même de Platon, la réminiscence.

Cette expérience ressemble un peu, et même beaucoup, à celle que nous venons de décrire : un élève qui ne sait pas mais qui a quelque idée et qui soudain peut répondre correctement grâce à des connaissances qu'il avait en lui sans le savoir. Ces connaissances, Socrate dit à un moment qu'elles ont surgi d'abord comme en un songe et puis qu'elles se sont précisées grâce aux questions. Cette expérience, qui est décrite aux pages 81c à 85c, est, en apparence, toute proche des faits que nous avons tenté de décrire.

De toute évidence, elle implique une philosophie qui n'est point en cause ici. Car Socrate conclut de ces faits que si l'esclave n'a pas appris tout cela dans cette vie, c'est qu'il l'a appris dans une autre vie. Cela change beaucoup les choses; et l'insistance avec laquelle il est rappelé que l'esclave n'a rien appris mesure clairement la différence.

Cependant, il ne faut pas s'y tromper : l'analyse platonicienne présente avec celle qui a été donnée ici une parenté qui n'est pas seulement extérieure et accidentelle. Socrate précise que l'esclave n'a rien appris. Je l'admets; Ménon l'admet : c'est la base du raisonnement. Mais est-ce tout à fait juste? Dès le début il demande à l'esclave s'il reconnaît que la figure tracée sur le sol est un carré dont les quatre côtés sont égaux. Ceci est une définition du mot, un apprentissage de notions qui ne vient pas d'une autre vie. Qu'appelle-t-on un carré? C'est dans cette vie-ci qu'on le définit. Il s'agit presque de langage, il s'agit peut-être d'expériences pratiques plus que de notions géométriques, mais il s'agit de quelque chose d'appris. Après quoi il lui demande de calculer la surface si les deux lignes de côté sont chacune de deux pieds. L'esclave répond que la surface sera de quatre pieds. Il sait donc non seulement compter, mais il peut multiplier des chiffres en utilisant une table de multiplication qu'il a, de toute évidence, apprise. Ce sont là des éléments simples et non pas des découvertes en matière de géométrie, et c'est pourquoi Socrate peut très bien

lieu occupé par qqch ou qui lui est réservé

« J'allais le dire »

ne pas en tenir compte. Mais, du point de vue de notre analyse à nous, ces indications rejoignent ce que nous avons décrit : elles mettent en lumière le nombre des souvenirs oubliés qui interviennent dans toutes les opérations de l'esprit et dont l'existence demeurait inconsciente. Si la philosophie est différente, l'expérience décrite est très semblable. Et quand Socrate parle de ces idées qui surgissent dans l'esprit de l'esclave comme en un songe avant de se préciser, il offre un premier modèle de cette observation commune, si courante, d'un élève en train de chercher, sans savoir comment, une réponse dont les éléments sont cachés en lui et qu'il ne peut trouver. Sans impliquer pour nous aucune théorie ni sur l'existence de l'âme ni sur son immortalité, cette rencontre avec Platon offre donc un premier modèle à l'idée de ce trésor antérieur fait de souvenirs oubliés : on trouve bien là, au seuil de la pensée occidentale, cette idée qui est l'objet de nos analyses, à savoir que l'on possède en soi les éléments de connaissances que l'on s'imaginait ignorer.

On les possède au-dedans de soi ; ils existent en nous. Encore faut-il faire attention à ce que l'on entend par ces mots. Il ne s'agit point par là de désigner un emplacement, ni de proposer une localisation. Ces souvenirs sont là mais ils ne sont en fait en aucun endroit tangible. On rencontre ici le problème du rapport entre la permanence de ces souvenirs et les conditions matérielles, nerveuses ou simplement physiologiques de la mémoire. Tout le monde sait que certaines circonvolutions du cerveau correspondent à certains souvenirs et qu'une lésion peut abolir tout un pan de souvenirs. Tout le monde sait également que certains nerfs sont nécessaires à la réapparition du souvenir. Mais attention ! Cela ne veut pas dire que les souvenirs eux-mêmes soient là, localisés comme de tout petits objets dans notre cerveau, ni qu'ils cheminent de façon tangible comme des petites valises le long de nos nerfs. Il ne faut pas confondre la condition avec une localisation.

Tous les caractères que nous avons vus s'attacher aux souvenirs le montrent bien : leur possibilité d'usure, de solution de remplacement, leurs liens différents selon les cas et les classements divers auxquels ils se prêtent, leurs rapports aussi avec notre vie affective et avec nos émotions, la spontanéité de leur émergence ou le lent travail de l'attention poursuivant leur retour, tout cela suggère bien un monde à part, indépendant et purement psychologique. Que des conditions matérielles soient nécessaires à son libre jeu n'est que trop évident, mais les deux faces de la recherche se complètent sans que jamais l'une puisse songer à nier l'autonomie de l'autre.

Laissons donc les savants progresser dans l'analyse minutieuse des phénomènes physiques et que cela ne nous retienne pas de nous pencher vers les possibilités étonnantes, vers les conditions, vers les aboutissements de cette vie des souvenirs qui est si fortement attestée en nous.

4. *Les souvenirs et les mots*

Avant de chercher en quoi cette présence des souvenirs en nous peut nous modifier, nous enrichir et constituer ainsi la plus précieuse des formations, il vaut la peine de s'arrêter à un dernier aspect qui met en cause les mots et l'expression même de ce que nous avons plus ou moins vaguement à l'esprit. On aura remarqué en effet le rôle des mots dans les exemples qui ont été cités jusqu'à présent. Parfois il s'agissait de trouver un mot alors que l'on avait une idée précise de ce qu'il devait désigner : ainsi Nathalie Sarraute, regardant les fleurs roses du tamaris, en retrouvait le nom. Ailleurs, c'était un nom qui était présent et dont on cherchait plus ou moins vainement à rameuter en soi tout ce à quoi il pouvait faire signe : ainsi pour Nabuchodonosor et les réponses fournies à son sujet. Il y a donc un rapport évident entre le mot et le souvenir.

D'ailleurs, c'est un fait : il existe des souvenirs dont le retour à la conscience est directement fonction des mots et de la richesse du vocabulaire. Que de fois nous avons en nous une impression vague et incertaine ! Nous voudrions trouver l'expression juste ; nous cherchons le terme exact ; on nous offre des possibilités et nous les écartons en disant : « non, non, ce n'est pas tout à fait cela », « non, pas exactement ». En réalité, le souvenir est presque là : ce qui nous manque est la possibilité, grâce à une maîtrise suffisante de la langue, de pouvoir l'appeler, le provoquer et lui permettre de se présenter enfin à notre esprit comme muni de ses propres papiers d'identité. Faute de quoi ce souvenir reste à la porte, attend et disparaît.

Les exemples sont assez nombreux pour être en quelque sorte pris au hasard. Un élève se souviendra qu'il y a eu des difficultés religieuses pour les protestants au dix-septième siècle, sous le règne de Louis XIV. Il n'en saura pas plus, les roues dentées se sont usées, le souvenir s'est simplifié, il ne retrouvera pas la formule pourtant répétée dans tous les manuels : la révocation de l'édit de Nantes. S'il maniait mieux la langue, si le mot révocation était un mot qui lui venait facilement au bout des lèvres, peut-être, mécaniquement, le mot de révocation aurait-il appelé la suite (révocation-de-l'édit-de-Nantes). Et sans doute cette formule précise enfin trouvée aurait-elle appelé à sa suite quelques lumières complémentaires. Les mots appris et retenus par la mémoire servent à leur tour à aider la mémoire.

Pourra-t-on, dans une interrogation de philosophie, donner une idée exacte et compréhensible du platonisme s'il ne vous revient pas à l'esprit le mot idéalisme ? Pour cela il aurait fallu le remarquer, le comprendre, l'assimiler. Pourra-t-on, dans une épreuve de géographie, décrire avec quelque intelligence les crues du Nil, s'il ne vous revient pas à l'esprit le mot limon ? Il comporte en lui le secret de l'importance de ces crues. À chaque instant le souvenir se présente sous une forme floue : c'est alors au langage de le fixer et de lui donner sa forme précise et bien dessinée.

Et puis, que de malentendus on évitera avec une maîtrise suffisante de la langue ! Que de souvenirs inhibés ou rappelés mal à propos simplement parce qu'un mot a fait obstacle ! Supposons une interrogation de français dans laquelle on demande à l'élève de dire ce qu'il sait de la Pléiade. Sa première réponse sera sans doute que c'est une collection de livres chez un éditeur. Le présent est toujours prêt à prendre trop de place. Si vous lui dites alors : « C'est vrai, mais il ne s'agit pas de cela, il s'agit d'une école de poésie. » Comme il n'est pas familier avec l'expression « école de poésie », il comprendra alors qu'il s'agit d'une école où l'on apprend la poésie comme on dit école de danse, école de dessin ou école de bridge. Cette erreur l'empêchera de rien trouver à répondre, sinon : « Je ne connais pas. » Mais, si à ce moment-là vous insistez : « Voyons, Ronsard, du Bellay, cela ne vous dit rien ? » Alors, libérés, les souvenirs pourront, vagues mais réels, arriver en désordre, malgré l'inquiétude qui continuera à le paralyser à la suite de ce premier malentendu. Il n'avait pas remarqué ou retenu le mot désignant cette école de poésie. Encore peut-on aller plus loin. Car vous pouvez lui demander : « Savez-vous pourquoi ils avaient choisi ce nom ? », « Connaissez-vous un autre sens du mot Pléiade ? » Vous espériez obscurément qu'il aurait entendu parler de la figure mythologique des sept filles d'Atlas transformées en constellations et ayant donné leur nom à tous les autres emplois postérieurs du mot pléiade. Vous l'espériez sans trop y croire et vous aviez raison. Mais, de toute manière, ce n'est pas sur le mot pléiade que l'élève a achoppé, c'est sur l'expression beaucoup plus simple : une école de poésie.

Les mots sont ici un peu comme la chaîne que l'on jette dans un puits avec l'espoir de remonter un seau d'eau : plus cette chaîne sera longue, plus les mots dont on dispose seront nombreux, plus on aura de chance d'atteindre ces souvenirs confus et profondément enfouis. Et l'effet se multiplie. Car, de même qu'un souvenir peut se préciser par comparaison avec des souvenirs voisins (comme lorsque l'on date un personnage en disant : « Ce n'est pas tel roi, c'est après celui-ci, avant tel autre »), de même en rappelant un souvenir, les mots peuvent indirectement en attirer à eux toute une suite. J'ai cité tout à l'heure le cas de la révocation de l'édit de Nantes. Une fois l'expression retrouvée, bien des souvenirs voisins, même imprécis, peuvent alors revenir. On se souviendra des résistances protestantes ; on se souviendra des hommes du désert ; on se souviendra peut-être des Cévennes ; on retrouvera le nom de la Saint-Barthélemy ; et de proche en proche des idées pourront surgir autour d'un mot retrouvé.

Ce n'est pas certain, assurément. Mais chaque appel lancé vers cette mémoire profonde a des chances de réveiller quelque chose, de ramener une prise, de faire revivre un souvenir.

Là, nous touchons à une confusion possible, qui est normale et révélatrice. Parfois nous cherchons dans notre esprit, mais sans savoir exactement si nous cherchons une connaissance apprise ou une idée personnelle, qui y serait liée. Les deux recherches se ressemblent et les deux objets de ces recherches ne se ressemblent pas moins : nos idées sont-elles autre chose que nos réactions à des souvenirs, ou même parfois le rappel d'idées que nous avons entendues, émises par autrui, ou encore d'idées que nous avons, à peine consciemment, conçues et enregistrées ? L'élève à qui l'on demande ce qu'il pense du platonisme ou ce qu'il éprouve à l'égard de tel poète ne fait souvent que chercher ce qu'en classe on lui en a dit. Sommes-nous sûrs, quand nous nous formons une idée, de procéder autrement ?

Et puisque ces remarques nous ont menés à la parenté qui unit le retour du souvenir au maniement de l'expression, on peut sans doute pousser les choses un peu plus loin encore. J'aimerais rapprocher cet élève qui cherche en vain à formuler un souvenir ou une idée modeste qu'on lui a apprise en classe, de l'effort créateur et original que fournit, à un niveau bien différent, l'écrivain en train de composer une œuvre bien à lui.

Cet élève qui rédige sa copie d'examen, je l'ai regardé si souvent ! J'ai déjà évoqué ici son air concentré et ses efforts quand il peine et qu'il a chaud et qu'il cherche vainement ce qu'il va écrire. Mais que cherche-t-il ? Des idées ? C'est dans sa mémoire qu'il les cherche, ses idées ; il tente de retrouver des modèles d'arguments entendus sur des sujets voisins, ou bien des exemples fournis au cours de la classe, ou bien des types de raisonnements qui seraient à leur place dans un cas comme le sien. Il cherche dans un ensemble flottant et incertain de mots et d'idées parmi lesquels il faut qu'il trouve de quoi construire une suite raisonnable qui sera sa copie et sera censée être son jugement. Il ne sait même plus lui-même si cette idée qu'il va écrire, il la doit à tel professeur ou bien à tel livre lu hors de la classe, ou bien à telle expérience personnelle dont il aurait gardé la trace. Chercher ses idées, c'est chercher dans ses souvenirs.

Et je me plais à penser, en regard, à l'effort de l'écrivain qui veut laisser remonter en lui des souvenirs, des expériences, des découvertes qui sont les siennes. Lui aussi cherche dans les profondeurs et lui aussi sent bouger en lui un ensemble de souvenirs et d'idées dont se dégagera la page qu'il va écrire. Mais, en même temps, il y a une ressemblance avec le candidat qui peine sur sa copie. L'auteur, lui aussi, cherche à saisir le souvenir, l'idée, le mot juste et à les laisser remonter en lui, librement, pour s'y épanouir. Dans un cas il y a des souvenirs rares, mal digérés, et une langue pauvre; dans l'autre, il y a mille souvenirs personnels, attentivement amassés; il y a aussi le goût et l'aptitude à manier les mots.

Je ne voudrais pas forcer la ressemblance. Les copies de l'élève sont peu originales et on ne peut s'attendre à mieux. Mais celui qui les corrige repérera parfois avec émotion le passage, la phrase, la formule qui semble authentique et personnelle : pour une fois, ce n'est pas de la récitation, cela vit et l'on reconnaît les contours de vrais souvenirs devenus conscients et bien utilisés.

En est-il autrement de celui qui écrit? Tout n'est pas original dans les phrases qu'il aligne, toutes ne lui donnent pas satisfaction. Mais parfois, le plus souvent possible, il sent lui-même cette vie, si rare dans les copies d'élèves, si éblouissante chez les bons écrivains. L'expérience est si nette que j'aimerais citer une fois de plus un auteur déjà cité à plusieurs reprises ici, qui est Nathalie Sarraute. Cette fois j'emprunterai un passage du livre intitulé *Entre la vie et la mort*. Elle dit que dans ce que l'on va écrire il y a tout à coup quelque chose qui vibre, qui est vivant : ce quelque chose correspond à un souvenir authentique remonté des profondeurs et susceptible de se traduire en mots.

Ce parallélisme ne doit certes pas être poussé trop loin. En un sens, ces deux expériences représentent les deux extrémités d'une chaîne. Mais ce que l'on a voulu ici montrer, c'est que précisément c'est une seule et même chaîne. Dans les deux cas se découvre la complexité de cette vie intérieure et de ce dialogue entre les souvenirs et la conscience dont est formée, en réalité, toute pensée.

On devine par là même l'importance qui peut être attribuée à ce dialogue, dans la formation de l'esprit, dans l'éducation intellectuelle, dans l'entraînement à la pensée. Il y a là tout un trésor dont on vient ici d'entrevoir les richesses cachées et il est clair que ce trésor constitue une part importante de notre personnalité à chacun. L'enseignement a pour mission, entre autres, de constituer pour nous ce trésor et de nous en apprendre le maniement.

Avant d'aborder cet aspect, il faut néanmoins ajouter une dernière remarque, qui se lie bien à ce rapport de l'élève et de l'écrivain. Elle concerne la part des lettres dans l'enseignement. Nul ne songe, et moi moins que personne, à nier la part capitale des sciences dans l'éducation. Elles ont un rôle prépondérant dans la formation de l'esprit et du raisonnement par l'entraînement qu'elles comportent ; elles constituent un capital de connaissances constamment utilisables et menant dans notre monde moderne à des progrès et, plus modestement, à des professions importantes. Mais le genre de souvenirs qui est étudié ici concerne surtout les lettres, entendues au sens large de ce terme. Dans les sciences exactes un souvenir flou et imprécis n'est pas utile, il peut même être dangereux. On n'a pas une idée vague d'un théorème ou du résultat d'un problème. Seule l'exactitude, là, est satisfaisante. Et si l'on a une idée floue et inexacte des propriétés d'un médicament ou tout simplement d'un corps physique, on risque les pires catastrophes. Cette sorte d'effort incessant que l'on a tenté de décrire ici, et qui consiste à aller puiser dans un amas de souvenirs devenus inconscients et vagues, relève donc non pas des sciences exactes mais des lettres. Il représente un avantage auquel ne pensent pas toujours assez ni les scientifiques, ni les administrateurs, ni même les parents. C'est bien pourquoi l'on a tenté ici d'en décrire les mécanismes. Ce qui ne vaut rien du côté des sciences exactes se trouve en effet être presque le plus important dès qu'on se tourne vers la formation de la personnalité par les lettres, et représenter un avantage absolument décisif pour la vie à venir.

Même les scientifiques y auront recours plus tard, car ils n'ont pas fait que des sciences. Le trésor des savoirs oubliés appartient de préférence à certaines disciplines; mais, naturellement, il vaut pour tous et pour tous les moments de notre vie.

III

SAVOIRS OUBLIÉS
ET FORMATION INTELLECTUELLE

Si ces savoirs oubliés subsistent de quelque façon en nous, s'ils gardent une réalité, une présence, une influence, ils doivent de toute évidence jouer un rôle dans notre vie et modifier nos façons de penser. On n'y songe pas toujours ; et pourtant, dès qu'il s'agit de psychanalyse, chacun est prêt à admettre que des souvenirs oubliés, dont nous n'avons apparemment conservé aucune espèce de trace, sont cependant capables de mettre la perturbation dans toute notre vie affective, de brouiller nos façons de sentir et la conduite même de notre existence. Il n'y a aucune raison au monde pour qu'il n'en soit pas de même pour les savoirs appris, scolaires ou non scolaires. Loin de là, puisque ceux-ci entretiennent avec la conscience un rapport plus facile et plus proche. Il y a cependant une différence. Les souvenirs que débusque le psychanalyste, une fois mis au jour, perdent toute action. Tout se passe comme s'ils avaient été supprimés ; en cela ils se distinguent des savoirs oubliés. Mais la raison de cette différence est compréhensible. Ces souvenirs perturbateurs ne devaient leur rôle qu'au fait qu'ils étaient cachés et comme paralysés : une fois ramenés au jour, ils sont dans le même cas que les autres ; ils ont alors perdu leur pouvoir de nuire et sont en quelque sorte devenus neutres. Seulement, ils ne sont pas comme les savoirs appris, puis oubliés, capables d'être utiles. Ils ne constituent pas cette aide au raisonnement, à la pensée, à la formation même de l'esprit qui est si caractéristique des souvenirs appris et devenus inconscients. Ces souvenirs-là ne nous modifient pas moins que les autres, mais ils nous modifient en bien.

1. Des repères pour le jugement

D'abord, j'ai parlé de jugement.

Il se forme et se perfectionne tout au cours de la vie, ce jugement !

Il se forme déjà dans les petits exemples scolaires auxquels il a été fait allusion et dont traitera le premier appendice. Il se forme aussi, naturellement, dans les exercices plus élaborés comme le jugement d'un texte littéraire ou philosophique, ou encore l'appréciation d'une théorie scientifique. Mais il faut ici reconsidérer ces faits du point de vue des savoirs oubliés, car leur rôle existe ; et il est important.

En fait, ceux-ci interviennent dans chaque jugement porté.

Comment jugerait-on, en effet, si ce n'est par comparaison et en situant tout problème, toute expérience, quelle qu'elle soit, par rapport à une masse de souvenirs plus ou moins conscients qui se sont amassés en nous ?

Quand on dit en voyant un enfant de trois ans : « Il est grand pour son âge », cela veut dire qu'on se réfère à la taille d'autres enfants du même âge. Quels enfants ? Il n'est pas nécessaire que notre esprit le précise. Nous ne saurions dire à quel moment, dans quelle circonstance nous avons accumulé cette impression globale de la taille d'un enfant de cet âge, mais cela suffit pour que, par comparaison et sans référence précise, nous puissions dire que celui-ci est grand.

De même quand nous disons : « Cette lampe éclaire mal », cela ne veut pas dire seulement que nous n'y voyons pas bien : cela implique une comparaison avec d'autres lampes, nombreuses, qui éclairaient mieux. En quelles circonstances ? Où ? Peu importe : l'expérience est là, en nous, imprécise et pourtant tout à fait capable de dicter notre appréciation.

Il s'agit évidemment là de petits jugements matériels fort simples. Mais le principe n'est pas différent s'il s'agit d'apprécier un texte que l'on est en train de lire, ou bien un conseil qui nous est donné, ou bien une appréciation quelle qu'elle soit : c'est toujours en se référant à une certaine expérience plus ou moins oubliée que l'on pourra situer les choses à leur juste place et porter sur elles un jugement lucide et raisonnable.

Il en va de même pour tous les jugements et pour tous les savoirs.

Supposez que je demande à un élève : « Qu'est-ce que *Les Plaideurs* de Racine ? »

L'élève ne connaît pas la pièce ou l'a oubliée complètement. Mais il se rend compte que le titre ne correspond pas aux divers titres de tragédie qu'il connaît. Cela sonne plus familier que les autres. Quels autres ? Il n'a pas le temps de se réciter la liste, et *Phèdre*, et *Bérénice*, et *Andromaque* ; mais ses souvenirs oubliés lui révèlent que le titre offert n'est pas du même genre ni de la même série. Alors il dira, hésitant : « Ce n'est pas une tragédie », et ainsi il pourra situer enfin la bonne réponse : « C'est une comédie. » Si son trésor de souvenirs oubliés est plus riche, il aura peut-être l'idée que ce titre évoque une pièce sur les procès, peut-être plus ancienne, une pièce grecque... Il aura oublié le titre de la pièce d'Aristophane, *Les Guêpes*, mais il aura suffisamment le sentiment d'une trace antique pour écarter toute autre interprétation qui lui serait suggérée, comme de dire : « C'est une pièce d'origine espagnole, ou tirée de Molière », ou quoi que ce soit de ce genre. Là aussi, il s'agit d'avoir des repères et, peu à peu, la bonne réponse, le bon jugement apparaissent.

Ou bien supposez que je lui cite deux vers et lui demande de qui ils sont :

Cent fois sur le métier remettez votre ouvrage :
polissez-le sans cesse et le repolissez.

Il ne connaît pas ces vers, mais s'il a quelques repères, il se dit que cet encouragement au labeur obstiné est bien différent de l'inspiration subite que louent sans cesse les Romantiques ; donc ce doit être plutôt de l'époque classique. Et qui a pu, dans l'époque classique, donner ainsi des conseils ? Il a des repères là aussi ; il sait qu'il y a eu dans ce groupe célèbre du dix-septième siècle un auteur de fables, un auteur de tragédies, un auteur de comédies, et aussi un donneur de conseils. Bien sûr, il ne reste que lui : c'est Boileau. En tout cas, s'il ne retrouve pas le nom, il aura pu situer exactement et juger convenablement de l'auteur de ces deux vers. Si, en outre, resurgit en lui le titre *Art poétique*, peut-être des souvenirs oubliés sur ce genre littéraire et sur les ouvrages qui l'ont inspiré lui confirmeront-ils cette idée de la tradition ancienne et situeront-ils ces deux vers et cet ouvrage même dans la tradition qui mène à la querelle des Anciens et des Modernes. Il n'a pas besoin de savoir avec précision ; des lueurs apparaissent et il parie correctement.

À vrai dire, ces procédés d'enchaînement et de comparaison sont si rapides qu'il est difficile de les saisir et d'en fournir la preuve. Mais la preuve inverse est aisée à fournir, car on voit fort bien comment l'absence de ces repères entraîne les pires bévues.

Je commencerai par une petite anecdote datant du temps où j'interrogeais à la licence. Là, j'ai demandé à un candidat quand vivait Homère. Non sans candeur il m'a répondu : « Madame, cela fait longtemps ! » Je ne pouvais qu'approuver cette réponse et l'approuver chaleureusement. Mais avec la perfidie propre aux examinateurs, je lui ai demandé s'il pouvait être un peu plus précis. Alors, trompé par mon approbation, il a voulu remonter jusqu'à ce qui était à ses yeux le premier début de tous les débuts et il a risqué un pari ; il m'a répondu l'air dubitatif : « Au premier siècle ? » Il ignorait qu'il y avait eu des siècles avant Jésus-Christ et avant le premier siècle ; il ignorait par conséquent toute l'histoire des civilisations anciennes qui se sont succédé pendant ces siècles-là ; il ignorait également le tournant qu'a représenté l'apparition du christianisme dans le monde. Alors il pariait ; mais son pari était à l'avance voué au désastre. Quelqu'un qui aurait eu des repères, des savoirs oubliés, aurait réagi autrement. Sans doute ne se serait-il pas rappelé avec précision la date d'Homère, mais en gros il aurait gardé une vision de cette longueur de l'histoire, et, s'il avait parié, il aurait parié en fonction de ces repères. Il aurait répondu par exemple « le sixième siècle avant Jésus-Christ » au lieu de dire « le huitième » ; mais sa réponse n'aurait pas été absurde ; il se serait guidé plus ou moins à tâtons dans des connaissances plus ou moins exactes et l'erreur n'aurait pas été grave. D'ailleurs, il aurait gardé un souvenir vague sans doute de l'expression « premier siècle avant, premier siècle après » et il se serait une fois posé la question « avant quoi, après quoi ? ». Ainsi l'histoire aurait-elle pris son sens, son orientation, au moins en gros. Peut-être n'aurait-il pas su dater relativement tous les grands événements de l'histoire de ces siècles passés ; peut-être n'aurait-il même pas su que le siècle de Périclès était le cinquième siècle avant Jésus-Christ ou que la grandeur de Rome c'était le premier siècle, toujours avant Jésus-Christ. Mais il aurait quand même eu une sorte d'instinct lui indiquant la succession et le rapport entre ces événements, l'ordre entre eux. Il aurait jugé en fonction de ces repères, en fonction des savoirs oubliés qui meublaient son esprit. Mon candidat au contraire ne savait rien et n'avait aucun repère, aucun instinct pour le guider dans son embarras.

Un autre fait m'a été rapporté par un collègue scientifique qui en avait d'ailleurs diffusé publiquement le récit. Il s'agit d'une copie d'un jeune étudiant sortant du baccalauréat et interrogé sur une question d'histoire des sciences qui avait été au programme. Et cet étudiant écrivait que les Stoïciens s'étaient opposés sur je ne sais plus quel point aux opinions de Galilée ; il admettait donc que les Stoïciens étaient postérieurs à Galilée, ce qui naturellement ôtait tout sens à l'histoire des sciences en général et mettait à plat l'invention continue d'un progrès. Clairement, cet étudiant lui non plus n'avait point de souvenirs même oubliés pour le guider et l'empêcher d'énoncer de telles absurdités. S'il en avait eu, il aurait pu, sans savoir la date exacte des Stoïciens et sans savoir non plus la date exacte de Galilée, avoir au moins une sorte de schéma d'ensemble lui permettant de rétablir un ordre moins absurde. Visiblement il ne les avait pas.

Dans les deux cas, on me dira qu'il s'agit d'histoire et d'un ordre chronologique à rétablir. Cela est vrai et l'on comprend pourquoi. Dans l'histoire, en effet, la notion de repère est particulièrement évidente et l'on saisit tout de suite l'utilisation spontanée qui est faite de ces savoirs devenus inconscients. Mais les choses seraient exactement semblables dans le cas d'un texte littéraire à juger en fonction d'un autre, ou d'une proposition scientifique à situer dans un ensemble de découvertes, voire d'une déclaration quelconque, d'un conseil, d'une proposition sur laquelle il faut avoir un avis le plus fondé possible grâce à ces savoirs que l'on croit oubliés. Souvent même ceux-ci apportent une aide et viennent renforcer ou plutôt affiner un jugement vrai mais insuffisamment perçu.

Comme on comprend bien que Montaigne ait écrit, à propos de la mémoire, dans l'essai déjà cité *De la présomption* : « C'est un outil de merveilleux service que la mémoire, et sans lequel le jugement fait bien à peine son office. » Appliquée aux souvenirs conservés, cette appréciation de Montaigne a de la force : elle en a une plus grande encore quand on comprend que les souvenirs oubliés viennent à notre aide à peu près autant que les autres. Et du coup, ils ne nous mettent pas seulement en garde contre les sottises que l'on risque de répondre lors d'un examen ou d'une vérification des connaissances : ils jouent un rôle partout où le jugement proprement dit doit intervenir. Et ils nous évitent ainsi bien des erreurs, souvent dangereuses.

Je pense ainsi au cas un peu burlesque de la dame dont on m'a raconté l'histoire et qui fut habilement cambriolée. Des chenapans inventifs lui déclarèrent être venus vérifier s'il n'y avait pas du phosphore dans l'eau débitée par ses robinets. Je passe sur les détails. En tout cas, elle se laissa prendre. Et je me plais à penser qu'avec quelques repères un peu plus nombreux, elle eût pu se méfier davantage. Même sans avoir fait ni beaucoup de physique ni beaucoup de chimie, cette étrange recherche de phosphore dans son eau aurait dû lui paraître bizarre : les savoirs oubliés auraient pu venir à son aide. Et j'ajoute que toutes les fables et tous les petits récits avec lesquels on forme la jeunesse en l'appelant à se méfier des flatteurs et des trompeurs, etc., auraient pu, eux aussi, intervenir utilement.

Et ici, l'on voit apparaître la résistance qu'apportent les savoirs oubliés à toutes les propositions flatteuses et trompeuses qui se multiplient au cours d'une existence. Aurais-je immédiatement été alertée contre telle invitation brillante, qui m'offrait un voyage payé jusqu'en Extrême-Orient, si je n'avais eu l'habitude des offres normales des associations ou des universités ? Je n'ai pas eu à comparer, le jugement de lui-même m'appelait à la méfiance. Et cette méfiance peut mettre en garde contre tous les dangers liés au manque de jugement, contre les sectes, contre les idéologies. On parle beaucoup des sectes, de nos jours. Que de promesses elles nous font, et que de révélations elles prétendent apporter ! Est-ce trop de prétendre qu'une certaine connaissance historique sur le rôle de telles associations et leur danger, ou bien telle connaissance philosophique, indiquant le caractère sommaire des promesses faites, ou bien telle habitude de défendre sa propre autonomie en exerçant son esprit critique, auraient pu protéger les victimes de ces groupements et les empêcher de finir souvent de façon tragique ? Je parle ici des sectes, mais on voit que les mêmes conditions se présentent pour tout ce qui est propagande trompeuse dans tous les domaines. Les savoirs oubliés combinés avec les savoirs conservés fournissent donc ici, en plus de tout le reste, les plus précieux des garde-fous. Que leur rôle ne soit pas purement négatif est évident. Le même effort consistant à utiliser l'expérience de la vie et des livres joue pour toutes les constructions de l'esprit et toutes les entreprises.

On le voit : tout se rejoint, les souvenirs acquis dans la vie et les savoirs acquis en classe, les petites commodités pratiques en vue d'une interrogation ou du succès à l'examen et les armes plus sérieuses en vue d'une pensée autonome.

Mais les savoirs acquis en classe ont précisément été choisis pour constituer ces points fixes, ces repères, ces échantillons des savoirs par rapport auxquels l'expérience nouvelle pourra se situer et trouver sa place. Et plus ces repères seront nombreux, plus l'expérience nouvelle pourra aisément être mise en relation avec tel ou tel d'entre eux pour être définie et jugée avec clarté.

On croit ne pas savoir, mais en fait quelque chose en nous sait, et nous guide. Il en va un peu comme de ces trajets que l'on a faits jadis et que l'on croit avoir complètement oubliés : que l'on tente seulement de parcourir à nouveau l'itinéraire, et voici que de proche en proche une sorte d'instinct nous fera choisir telle orientation, reconnaître soudain tel tournant, tel détail, telle maison et nous mènera, sans que nous ayons pu le prévoir, jusqu'au but.

Comme une main guide un aveugle, les souvenirs oubliés nous guident en fournissant à notre jugement à chaque instant les repères, les cadres, les points de comparaison qui lui servent dans sa recherche d'une vérité, petite ou grande.

Et quelle merveille quand l'intelligence, ainsi armée et entraînée, se met à fonctionner enfin comme un instinct !

2. *La pensée des autres*

Mais ce n'est pas là la seule aide que ces souvenirs oubliés apportent à l'esprit. En effet, tout au cours de la vie scolaire et de la vie en général, l'enfant puis le jeune homme aura été mis en présence d'autres jugements portés, bien avant son temps, par des écrivains, par des hommes politiques, par des philosophes, par des savants. Il se sera frotté à leurs réactions, les aura approuvées ou désapprouvées et ainsi, au contact de leur pensée, il aura formé la sienne propre par une série de choix et d'assimilations nouvelles. Il l'aura entraînée en lui donnant l'habitude des points de vue divers et des argumentations possibles ; il aura même rencontré des questions nombreuses qui se posent encore pour lui ou se poseront plus tard : sur ces questions, il aura perçu la variété des solutions possibles et la richesse des raisonnements qui les étayent. Un exemple pris un peu au hasard : la peine de mort. Certes, on la discute aujourd'hui dans la presse et partout. Mais personnellement je suis émue de voir que, même dans les textes de la Grèce ancienne, on trouve déjà le débat ouvert, on trouve ces argumentations où l'auteur insiste sur la nécessité de punir sévèrement certains crimes, mais aussi sur l'échec de l'effet dissuasif attaché à la peine de mort. Chez l'historien Thucydide on voit un orateur qui discute de la question. On rencontre au cours des temps des textes s'élevant contre le principe qui consiste à supprimer une vie humaine, mais aussi le caractère monstrueux de certains crimes dans lesquels l'humanité entière est atteinte. Il ne se dégagera certainement aucune conclusion pour celui qui aura appris à connaître ces textes et ces débats. Mais il en tirera d'abord une certaine distance : car il saura qu'il n'est pas le premier, ni sa famille, ni ses amis, à se poser la question ; il saura qu'il y a des arguments de part et d'autre et il aura appris à juger avec plus de profondeur en connaissant la multiplicité des arguments. Mais en plus des arguments et du raisonnement proprement dits, il aura rencontré au cours de ses études des exemples, de ces exemples pouvant servir de symboles. Il aura rencontré le scandale de la mort de Socrate condamné injustement, il aura rencontré les sursauts provoqués par certaines condamnations ou certaines menaces de condamnation, que ce soit à l'époque de Voltaire intervenant si vaillamment dans les affaires de Calas ou Sirven ; ou que ce soit plus tard, plus récemment, l'émoi causé par l'affaire Dreyfus. En même temps que des argumentations, l'étude lui aura donc fourni des exemples propres à l'émouvoir et surtout à lui montrer la gravité des enjeux et la permanence des problèmes. Même s'il a oublié le détail de ces affaires rencontrées dans l'histoire ou de ces débats rencontrés dans les textes, même s'il ne sait plus les noms, les dates et les raisons pour lesquelles chacun était poursuivi, il en aura gardé en lui un peu de cette prudence grave qui va avec l'expérience.

Mais on voit par ces exemples mêmes que l'élève n'aura pas seulement rencontré des exemples de raisonnement. Il n'aura pas fait l'expérience seulement de verdicts, d'opinions, de propositions : il fera aussi, avec les auteurs ou les personnages du passé, connaissance avec toutes les émotions possibles ; il aura rencontré tous les bonheurs et tous les malheurs, toutes les causes d'indignation ou de gratitude, et toutes les aventures : cela aura élargi et enrichi son horizon intérieur. Laissons pour le moment de côté l'enrichissement moral qui, on le devine, compte beaucoup — on y reviendra. Mais d'ores et déjà il est clair que cet élargissement intérieur joue aussi dans la formation de son esprit. Ce n'est plus le jugement proprement dit qui se forme ici : c'est la compréhension.

Compréhension des êtres et des sentiments, compréhension des situations et des passions. Or, le meilleur moyen de réagir sainement dans la vie, est de percevoir les idées et les problèmes avec une profondeur humaine qui seule leur donne leur vrai sens. La compréhension qui naît ainsi chez l'élève est la forme la plus haute de l'intelligence.

L'élève qui aura fait ses classes, même modestement, aura ajouté aux souvenirs des contes qui charmaient son enfance tout l'héritage de l'expérience humaine. Il aura conquis un empire avec Alexandre ou Napoléon, il aura perdu une fille avec Victor Hugo, il aura lutté seul sur les mers comme Ulysse ou bien comme Conrad, il aura vécu l'amour, la révolte, l'exil, la gloire. En fait d'expériences, ce n'est pas mal ! Et même s'il a oublié tous les détails, la possibilité de ces grandes aventures reste en lui comme une forme imprécise, mais capable d'éclairer sa très modeste expérience quotidienne et de faire de lui un esprit mieux informé, c'est-à-dire plus large et plus sûr.

De plus — et cela compte ! — il aura été habitué à la diversité des jugements possibles et au contraste des divers sentiments ; il aura dû choisir, il aura dû prendre position. Ainsi se forme l'esprit critique. Par rapport à ces opinions de toute sorte qu'il aura rencontrées, il aura été contraint de s'en former une à lui, qui ne soit pas due à une imitation hâtive des propos entendus autour de lui, mais qui soit éclairée, mûrie, personnelle.

Cela peut paraître peu de chose, mais l'avantage que nous découvrons ici n'est pas mince : on peut le définir d'un mot. Ce mot est liberté. Se former une opinion à soi, c'est faire preuve de liberté d'esprit, c'est par suite choisir soi-même sa voie, ses orientations, ses engagements. C'est éviter de se laisser guider par autrui, d'être prisonnier d'un milieu, de tomber dans tous les pièges de la propagande et de la malhonnêteté.

On a déjà constaté ici que l'esprit nourri d'expériences même oubliées résiste mieux aux tentations des sectes et des fausses promesses. Et l'on peut dire que dans la vie les souvenirs encore amarrés en nous et encore conscients montent la garde à chaque instant pour nous éviter des erreurs, petites ou grandes ; mais le trésor des souvenirs oubliés vient se joindre à eux, monte la garde aussi et leur nombre renforce de beaucoup cette défense. Grâce à eux, on peut ne pas être victime de tous ceux qui veulent nous tromper. On a appris en effet qu'il faut se méfier, comparer, réfléchir et ne jamais tenir pour vrai que ce qui nous apparaît, à nous et après réflexion, être tel.

Ainsi défendu, l'esprit évitera les leurres des idéologies séduisantes. Celles-ci aussitôt verront se dresser autour d'elles d'autres idéologies différentes qui se sont succédé au cours du temps et il en résultera la nécessité d'un examen. Peut-être le jeune se ralliera-t-il à cette idéologie en fin de compte : pourquoi pas ? Mais il le fera en connaissance de cause, librement.

De cet amas de connaissances que l'on croyait d'abord inutiles et qui peu à peu se sont effacées, disparaissant de notre conscience les unes après les autres, résulte donc pour finir la possibilité d'avoir une pensée personnelle, une vie indépendante et une personnalité autonome.

La liberté toujours doit se conquérir : elle se conquiert aussi en classe par des exercices dont le sens n'est pas toujours reconnu ni compris.

On a procédé jusqu'ici par petites touches et en citant de grosses bévues. Il était indispensable de partir de l'absence même de tout souvenir conscient ou inconscient pour comprendre l'utilité de ces savoirs jusque dans la vie la plus simple et la plus quotidienne ; ce ne sont là que des avantages presque matériels, pratiques, concrets. Mais à chaque instant, tout en cherchant à se maintenir à ce niveau, on a senti l'appel vers autre chose de plus important ; on a employé des expressions comme « de proche en proche », ou « plus ces souvenirs sont nombreux », ou « même à ce premier niveau » : à chaque instant on se retenait car la pente normale de ces souvenirs oubliés est celle qui mène à la culture.

3. *La culture*

La culture, en apparence, ne sert à rien. Mais elle est faite précisément de la masse de ces souvenirs oubliés : quand ils ont été longuement accumulés, leur présence constitue un trésor particulièrement riche et varié et devient alors comme une seconde nature ; elle ajoute une sorte de halo à toutes les impressions, à toutes les expériences, à toutes les connaissances qui se présentent. On a cité déjà la fameuse formule disant que la culture est ce qui reste lorsque l'on a tout oublié. Cette formule pouvait paraître une boutade tant que l'on n'avait pas touché du doigt cette présence de quelque chose qui survit à l'oubli et y survit en quelque sorte de façon définitive. S'il est vrai que l'élève, au sortir d'études normales, aura comme on le disait tout à l'heure perdu une fille avec Victor Hugo, conquis un empire avec Alexandre ou Napoléon, traversé les mers et leurs périls avec Ulysse ou avec Conrad, cela est encore plus vrai des expériences si nombreuses de celui qui ne cesse de les accumuler par ses lectures, ses contacts et ses connaissances au cours des années. Celui-là aura reçu au fond de lui-même

Savoirs oubliés... 101

tout un monde de sensations, d'idées et de savoirs qui sont le fruit de siècles multiples et de civilisations diverses. Tout cela sera en lui, aura déposé des couches successives de connaissances non pas présentes à la conscience mais plus ou moins disponibles, plus ou moins précises, qui rempliront à chaque instant ses perceptions et son existence.

J'ai cité plus haut le cas de la femme de ménage qui me demandait si Athènes était en France ; c'était le cas de l'ignorance totale. Celui qui a fait des études saura du moins qu'Athènes est la capitale de la Grèce et qu'elle a joué un grand rôle à un certain moment de l'histoire de notre civilisation ; il saura peut-être aussi que la ville est près de la mer et il pourra à l'occasion utiliser ses vagues notions pour organiser un voyage ou entretenir une conversation. Mais l'homme cultivé qui entendra le nom d'Athènes verra plus ou moins consciemment une masse énorme d'images entourant le nom et lui donnant sa vie et son relief, il pensera aux grands siècles de la culture athénienne avec, autour, ces constellations de noms que sont Eschyle, Sophocle, Euripide, Aristophane, Thucydide et bien d'autres. Il verra comme une image de marbre symbolique peut-être, un visage qui sera celui de Périclès et évoquera vaguement l'idée d'une démocratie triomphante. Peut-être, très vaguement, flottera-t-il autour du nom d'Athènes comme une vision rapide de l'Acropole et du Parthénon, ou peut-être l'évocation d'un cours d'eau au bord duquel se promènent des philosophes et où Platon fait parler Socrate. Tout cela fera autour du seul nom d'Athènes comme un halo incertain mais brillant et s'étendant très largement en toutes sortes de directions. Ses souvenirs seront présents, présents et absents; ils donneront au nom seul d'Athènes son relief et son sens.

Mais ce ne sera pas vrai du seul nom d'Athènes. Que l'on évoque devant lui les Aztèques ou la lointaine Chine ou bien telle merveille du nouveau monde, l'effet sera le même : pour lui tous les mots auront ce halo, évoqueront, de façon imprécise, des connaissances, des familiarités, des images.

Qui plus est, toutes ces connaissances en passant en lui, en revenant, en redisparaissant, auront comme ouvert des chemins dans son esprit, l'orientant de façon immédiate vers certaines idées et certaines impressions qui demeurent en lui. Ainsi son esprit aura-t-il acquis, même sans avoir à recourir consciemment à ses souvenirs accumulés, une aisance dans les réactions, une sûreté dans les mouvements qui resteront à jamais sa marque distinctive — et resteront aussi sa joie.

Encore n'est-ce pas assez de parler de son esprit. Pour l'homme cultivé, autour de chaque sensation existe comme une constellation de souvenirs, littéraires ou autres, qui la prolongent. Il va descendre à la mer tout à l'heure : peut-être verra-t-il mieux la succession inlassable des vagues parce qu'un jour il aura été frappé par l'expression de Valéry : « la mer toujours recommencée » ; il n'aura pas besoin d'y penser, il aura été alerté et éveillé à la sensation ; ou bien il regardera le miroitement de l'eau dans le soleil et il le verra d'autant mieux qu'un jour il a été sensible à la formule d'Eschyle parlant du sourire innombrable de la vague marine; ou bien, toujours sans y penser, il aura à l'égard du vert sombre des vagues qui creusent et à l'égard de la houle cette admiration mêlée de frayeur qu'il a éprouvée un jour en lisant les romans d'Henri Queffélec. Non, il ne pensera pas à ces auteurs, il n'est pas un pédant, il est simplement quelqu'un en qui les voies de la sensation et, par suite, des sentiments ont été ouvertes, tracées et marquées pour toujours. Ce ne sera qu'une sorte de scintillement ou bien de signe amical que lui fait la réalité; il n'aura pas besoin d'y penser, tout sera à la fois oublié et présent.

De même, l'homme cultivé connaît à l'avance, et beaucoup plus fortement que les autres, ce que coûte une rupture (avec *Adolphe*) ou ce que représente le remords (avec *Les Frères Karamazov*). Il connaît d'expérience l'avarice du *Père Grandet*; il connaît l'amour sous toutes ses formes, les diverses approches de la mort : il connaît tout ! et il pourra mieux qu'un autre « comprendre », au sens fort du terme.

C'est là mentionner des niveaux multiples, amassés au cours du temps. Mais que l'on ne s'y trompe pas : ces savoirs flottants n'ont rien à voir avec l'érudition ni avec la science. On a déjà dit au chapitre précédent que la science ne saurait se contenter de connaissances imprécises. Elle ne se contente pas non plus de ces lueurs qui accompagnent nos impressions. En fait, la science et la culture sont séparées.

Le savant pourra très bien ne pas être un homme cultivé. Il pourra très bien s'être enfermé dans les limites de sa spécialité. Cela arrive ; cela n'arrive que trop souvent — surtout depuis que les études littéraires ont été très largement écartées de la formation scientifique.

Mais il se peut aussi — et c'était souvent le cas dans le passé — que les deux aspects de la connaissance se combinent de la façon la plus heureuse. Comme j'aimerais ici évoquer à loisir les images de ces hommes que j'ai ou rencontrés ou approchés et qui offraient cette merveilleuse combinaison ! Comme j'aimerais évoquer ce grand médecin qui avait révolutionné les techniques relatives au rein et qui, en même temps, écrivait des pièces de théâtre et des contes pour enfants ! Comme j'aimerais évoquer cet homme ami du désert, qui en est le grand spécialiste, mais qui part pour étudier ce désert en emportant la Bible et qui la lit en grec ! Ces grands esprits-là sont une joie et un encouragement, mais il faut aussi préciser que des spécialistes d'un niveau moins éblouissant réussissent eux aussi très souvent cette combinaison. La tradition le dit : il y a quantité de médecins, d'avocats, de juges qui sont des hommes d'une rare culture, possédant de belles bibliothèques, ayant voyagé, lu et compris ce qu'ils voyaient autour d'eux. De même il y a des hommes de laboratoire dont la culture est immense, des physiciens qui, à cet égard, ne le céderaient à personne. Mais il faut bien savoir que cette combinaison qu'ils réalisent ainsi entre des modes de connaissance divers résulte d'un choix. La combinaison pourrait ne pas se faire, elle se fait dans certains cas, pas dans tous.

Je suis moi-même assez spécialiste pour ne

pas craindre d'offenser les spécialistes en précisant ma pensée par une autre comparaison : c'est celle des jeux télévisés. Rien, en effet, ne peut être plus opposé à la culture que ces jeux, ni donner une meilleure idée de cette différence. Dans les jeux télévisés, il faut donner à des questions précises des réponses précises et rapides. Ces réponses peuvent ne correspondre à aucune connaissance en profondeur, elles doivent venir comme une sorte d'automatisme sans la moindre imprécision. Au contraire, la culture ne saurait pas répondre à ces questions : elle vit de souvenirs souvent devenus inconscients, presque oubliés, mais qui se sont incorporés à l'être lui-même au point de faire un tout avec lui et de donner un sens aux moindres expériences.

Après tout, ce n'est pas un hasard si le mot « culture » a commencé déjà en latin, puis à nouveau en français, par s'appliquer à l'art de faire pousser des plantes. Tous ces savoirs accumulés, assimilés, remués, ainsi que tout l'enrichissement qu'ils apportent font penser, en effet, à la façon dont on remue la terre, dont on la fertilise, dont on la traite de façon que s'épanouissent les graines que l'on y aura semées. Et ensuite on continuera, on arrosera, on libérera le sol de toutes les mauvaises herbes qui l'épuisent et prennent une nourriture qui, autrement, serait précieuse. Il ne faut pas pousser trop loin la comparaison, mais j'aime qu'elle rende compte et des soins qu'exige la culture intellectuelle et de la vie qui en est le résultat. L'allemand *Bildung* est un peu plus rude ; le mot rend aussi l'idée d'une construction qui peu à peu se fait, mais de façon plus raide sans doute. D'ailleurs, en allemand, la langue a aussi le mot *Kultur*.

En tout cas l'idée de culture appliquée aux plantes s'oppose à l'idée de petits pots presque sans terre où on aurait mis des plantes déjà fleuries et sans avenir, des petits pots tout prêts, en quantité, un peu comme les réponses aux jeux télévisés. La culture suppose l'enracinement, la profondeur et la perspective d'un épanouissement sans cesse en progrès.

Je n'ai songé ici qu'à donner une description toute simple et concrète de la culture telle que je l'ai rencontrée autour de moi et telle que j'ai essayé de la développer dans mon enseignement. Il s'agit d'une description modeste concernant la culture d'un esprit. Mais cette définition permet peut-être de jeter quelque jour sur le problème si souvent abordé et si fort débattu du rapport entre la culture et les cultures.

Quand on dit la culture, on définit le but auquel tendent ces soins, ces lectures, ces contacts qui se font au cours d'une vie ; et l'on sous-entend que ce but est le même pour tous et tend à une certaine perfection proposée comme modèle pour tous. Quand au contraire on dit les cultures, on définit un ensemble de connaissances, de valeurs, d'institutions, d'usages qui règnent dans un pays ou un groupe de pays ; l'on admet alors que ces cultures sont diverses et l'on se trouve confronté au problème de leur valeur relative.

Si l'on admet, comme on l'a fait ici, que la culture est ainsi faite d'une somme d'apprentissages de lectures, de rencontres et d'expériences qui ont déposé en chacun de nous leurs traces, alors on comprend qu'à l'intérieur d'un cadre donné il y ait nécessairement des éléments d'information communs : un même apprentissage en classe, les mêmes lectures principales, la même vie parmi des institutions et des usages auxquels on s'est habitué ; chacun précisera cette expérience à sa manière, il choisira parmi les cadres offerts ; il les dépassera à l'occasion par son information personnelle ; mais le fond principal sera le même et l'existence d'un tel fond chez tous créera une parenté. Ainsi se définira la culture de ce pays, par l'élément commun existant entre presque tous les souvenirs oubliés des hommes de ce pays.

De même que le choix de nos lectures et de nos informations préside largement à la définition de notre personnalité, de même l'appartenance à un groupe ayant les mêmes traditions et les mêmes sources d'information définira une culture commune à tous ceux qui y participent de près ou de loin, de façon sommaire ou approfondie.

Appartenir à la même culture crée un lien profond, comme un lien de famille : s'en être largement pénétré et être comme on dit un homme cultivé crée des liens de plus et comme une connivence naturelle entre ceux qui sont dans ce cas.

Après tout, avoir lu les mêmes livres, écouté les mêmes musiques, admiré les mêmes qualités ou les mêmes personnes est un peu comme d'avoir fait un voyage ensemble dont on revient avec les mêmes expériences et prêts à être amis.

C'est même beaucoup plus puisque aucune occasion de heurt ne se sera développée au cours de cette lente formation et que chaque sensation ou chaque sentiment, de quelque domaine qu'il s'agisse, sera coloré et marqué par le souvenir inconscient des moments connus en commun. Le plaisir de découvrir autour de soi des êtres qui vous ressemblent et ont connu les mêmes expériences fera alors revivre la douceur des ferveurs passées.

La formation de l'esprit, qui est si largement l'œuvre de l'enseignement, s'accompagne de l'émotion que produisent les retrouvailles toujours imprévues avec le passé.

J'aimerais insister sur ces ferveurs. Je les rencontre ici, dans les hautes régions d'une culture vivante, jalonnée de repères communs : elles existent déjà pour les plus humbles remémorations et les souvenirs partagés dans la communauté du collège. Et chacun sait l'attendrissement que l'on éprouve à rechercher ensemble, parfois non sans peine, les noms, les visages, les expériences d'alors. Marcel Pagnol en a tiré une jolie scène dans ses *Marchands de Gloire*, quand il met en scène la joie de cette chasse aux souvenirs oubliés, avec ses soudaines redécouvertes. Les deux héros semblent alors ramenés d'un coup à la fraîcheur de leur jeunesse ; et c'est comme si reparaissait en eux le désintéressement d'antan.

Car les souvenirs oubliés ne sont pas seulement des jalons pour la connaissance et le jugement : ils sont, même sous cette forme modeste et puérile, une partie de nous-mêmes, et non la moins précieuse. Un élixir bien précieux, par conséquent ! Et pourtant ! comme pour tous les médicaments, il convient de joindre un avertissement.

4. Avertissement et mode d'emploi

Il importe toutefois, après l'euphorie de ces descriptions, de procéder à une double mise en garde.

Tout d'abord, il serait temps de distinguer les souvenirs acquis au cours des classes et ceux qui viennent ensuite, ou en même temps, de la simple expérience de la vie. Il faut se rappeler en effet que beaucoup d'enfants n'auront pas poussé l'apprentissage scolaire très loin ; ils seront vite entrés dans une vie professionnelle, pratique qui les éloignera assez largement de ces lectures et de cette culture qui viennent d'être évoquées. Cela est vrai. Et il est vrai aussi que beaucoup d'entre eux développeront dans cette vie professionnelle, avec l'expérience qu'elle apporte, une véritable culture différente de celle que l'on a décrite ici, mais bien réelle — si du moins ils apportent dans cette vie professionnelle une curiosité, un désir de comprendre, un désir de comparer qui apparentent leur savoir à une culture. Il fallait le rappeler, car la description donnée ici pouvait le faire oublier. Néanmoins, il faut aussi rappeler que, même dans la vie professionnelle la plus modeste, ces savoirs désintéressés et très largement effacés que l'enfant a acquis en classe lui seront de toute façon une aide constante. Ce seront les cadres auxquels il pourra raccrocher tout ce qui lui viendra par la suite, ce seront les points de départ pour les informations qu'il amassera de son côté. Quant à cette culture qui lui est ouverte dans sa vie professionnelle, il faut comprendre que la curiosité et l'esprit critique qui en sont la base auront été acquis dans la formation scolaire reçue dans ses premières années. J'ajoute enfin que, plus on lui aura donné d'ouverture sur le monde de la connaissance intellectuelle et des livres, quelle que doive être sa vie ensuite, plus cette nouvelle culture lui en sera facilitée.

La seconde mise en garde, elle, émane d'un cœur de professeur. Il est sûr en effet que les savoirs oubliés constituent en nous un trésor plus précieux qu'on ne le croit en général et plus étendu dans ses possibilités d'action. Mais cela ne veut pas dire qu'il faille se reposer entièrement sur eux et qu'il ne faille pas entraîner sa mémoire pour avoir le plus possible de souvenirs directement utilisables et non pas oubliés. L'enthousiasme de la description ne doit pas tromper. Non seulement il y a des souvenirs qui ne sont pas oubliés et auxquels on peut directement faire appel à chaque minute, mais ce sont ceux-là, en fait, qui permettent aux autres le rôle qui a été décrit ici. S'ils reviennent à la conscience, c'est parce qu'un des souvenirs conservés leur fait signe, qu'ils s'y rattachent de quelque façon et qu'ils trouvent leur place entre eux. Si d'autre part ils ne reviennent pas à la conscience, s'ils se ramènent à des impressions vagues et imprécises, il faudra bien que leur action passe par l'intermédiaire de souvenirs plus précis d'après lesquels on se guidera. Ainsi, bien qu'ils forment la richesse la plus incroyable qui soit et que rien en fait ne puisse jamais les abolir tout à fait, la mémoire est là pour leur tendre la perche et pour se substituer, dans la pratique, à eux. Elle ne peut pas tout garder, cette mémoire, elle encombrerait notre vie d'une masse infinie de connaissances, d'expériences, d'idées et de sensations et rendrait toute action impossible. Pour la soutenir, elle a cette réserve extraordinaire, cette possibilité de conserver dans ses retraites cachées tout ce qu'elle ne peut pas avoir constamment sous la main. Mais elle garde la clef du trésor et notre devoir est de la bien traiter si nous voulons, à notre tour, en profiter.

Le plus beau des paradoxes de l'oubli est donc que celui-ci soit comme une réserve de la mémoire ; et la véritable activité de l'esprit consiste dans le dialogue perpétuel qui se tient entre souvenirs conservés et souvenirs oubliés. Les uns viennent en aide aux autres et, réunis, ils nous viennent en aide à nous, tout au cours de notre vie.

IV

LA MARQUE DES VALEURS

L'analyse s'est développée jusqu'ici comme si les souvenirs, qu'ils soient ou non oubliés, avaient la froideur de pures connaissances et ne servaient qu'au raisonnement. On les a même comparés à des fiches. Mais cette idée est gravement inexacte. Aucun souvenir ne se présente à nous de cette façon indifférenciée et, en quelque sorte, neutre.

Dès l'origine, la vie du très jeune enfant est ainsi orientée entre des éléments positifs et négatifs, amicaux ou hostiles. Cette disposition est naturelle chez lui. Certains objets, certaines personnes sont accueillis avec des sourires de joie, d'autres repoussés avec des pleurs d'irritation. Les adultes, bien entendu, utilisent cette disposition pour enseigner le plus vite possible à l'enfant ce qui est bon pour lui ou dangereux pour lui. Ce sont des onomatopées ou des gestes parfois ridicules, suggérant ce qu'il faut fuir (« pouah!, pas bon! ») ou ce qui au contraire doit être apprécié (« joli!, miam miam! »). Le caractère risible de ces avertissements simplifiés à l'extrême ne doit pas nous tromper: ils correspondent à la bipolarité du monde dans lequel nous vivons et des sentiments qu'il nous inspire. Il en va des personnes comme des objets, certains seront amis et d'autres ennemis sans que l'on sache toujours expliquer pourquoi. Il y aura les visages protecteurs des proches, il y aura aussi des inimitiés inexplicables, peut-être parce que l'enfant trouve la personne laide ou bien parce qu'un jour une caresse ou un soin quelconque lui aura été donné d'une façon qui lui aura déplu. Parfois, lorsque l'enfant grandit, il faudra corriger ces tropismes premiers ; il faudra l'habituer à s'accommoder de ses petits camarades, à partager certains objets avec eux alors qu'il les tient pour strictement à lui, et à tolérer les grandes personnes de son entourage. Mais il ne s'agit là que de correctifs, dans un monde résolument et définitivement partagé entre des aspects bons et mauvais.

Si de ces premières découvertes on passe à l'enfant plus âgé et aux premières lectures, l'impression est identique. On voit le jeune esprit accéder dès lors à mille rêves, connaître des aventures, découvrir des mondes multiples. Dans ces mondes figurent des êtres fictifs aux formes infinies, des fées, des monstres, des dragons, des magiciens, mais aussi des êtres qui sont plus réels sans pour autant appartenir à son entourage — des preux chevaliers, des filles de roi, des palais étincelants de marbre et des hommes engagés dans des aventures lointaines sur des mers peuplées de surprises. Les animaux mêmes qu'il lui arrive d'approcher désormais peuvent lui parler et jouer un rôle protecteur ou néfaste. Mais, pour nous, l'essentiel est que ce monde est, lui aussi, divisé, très nettement et très visiblement entre les êtres amis et ennemis, entre ceux qui vont faire du mal et ceux qui soutiennent la bonne cause. Et ces sentiments se communiquent aussitôt au jeune lecteur. Tous les enfants aiment Cendrillon ; tous détestent l'ogre, ou le loup, ou le traître ; tous admirent le chevalier valeureux ; et tous voudraient avoir été Robinson Crusoé. Ou si l'on veut, ils admirent Tintin ou tout autre héros des lectures de leur âge : celles-ci sont orientées et ils participent de tout leur cœur à cette orientation. Et ce n'est pas là vague sympathie, mais passion chaleureuse par laquelle l'enfant engage totalement son cœur du côté des héros. Rien n'est terne ou seulement objectif dans son monde intérieur : celui-ci est traversé de chaudes approbations et de vives réprobations ; il peut en avoir les larmes aux yeux, en serrer les poings : il est entré dans ce monde de rêves en partisan.

Voilà un trait du souvenir dont il n'a pas encore été question ici. On a parlé du souvenir en tant que connaissance, de son classement ou de son érosion : visiblement, on ne peut s'en tenir là. Dans tout souvenir il y a une force ; il y a un élan dans un sens ou dans un autre, comme une charge électrique positive ou négative prête à déclencher une réaction vers tel point ou tel autre. Cette disposition orientée est née sur le moment, elle a marqué notre psychologie et elle reste en nous, prête à se reproduire chaque fois qu'une situation comparable se présentera et nous rappellera, consciemment ou non, cette première expérience. Ces réactions commencent déjà à dessiner ce qui pour chacun de nous constitue notre personnalité.

Mais, si cela est vrai des souvenirs en général ou du moins de la plupart des souvenirs, le fait prend une importance singulière dans le cas des souvenirs oubliés. Nous les avons décrits dans les chapitres précédents comme des connaissances en partie perdues, cherchant avec plus ou moins de succès à remonter vers la conscience à la faveur de certaines rencontres, ou bien se contentant de constituer une sorte de cadre inconscient pour ce que nous apprenons de nouveau : mais cette charge affective, cette réaction pour ou contre, laisse elle aussi sa trace, et beaucoup plus durable que tout le reste. Nous avons oublié les détails, mais nous savons encore que nous étions pour ou contre : la voie a été ouverte, le chemin a été frayé en nous pour une telle réaction ; et le plus admirable est que celle-ci subsiste, prête à se renouveler, à se renforcer à chaque occasion, sans qu'il soit besoin le moins du monde de rappeler le souvenir qui, la première fois, l'a fait naître.

Si nous reprenons ces petites questions indiscrètes d'histoire que nous évoquions dans les premiers chapitres, si nous demandons : « Que savez-vous de Louis XI, de Saint Louis ? », la réponse risque d'être singulièrement vague et les souvenirs singulièrement imprécis ; mais en général on aura, à tort ou à raison, une réaction : « Louis XI c'est mauvais, Saint Louis c'est bon. » Pourquoi ? Louis XI c'est mauvais, et peut-être entrevoyons-nous vaguement, souvenir d'enfance, un personnage enfermé dans une

cage ; et voilà qu'une réaction s'ouvre en nous :
il est mal d'enfermer quelqu'un dans une cage.
Saint Louis c'est bon, et peut-être qu'un vague
souvenir enfantin nous montrera le roi rendant
la justice assis sous un chêne ; quel chêne, pourquoi ? Mais nous savons qu'il est bon qu'un roi
rende la justice et soit connu pour cela. Dans
ces vagues souvenirs se sont associées des aspirations qui compteront pour la vie.

Les savoirs oubliés sont passés en nous en
éveillant certaines émotions : la voie reste
ouverte pour toujours à des réactions de même
type, affectives ou morales.

Ne croyons pas qu'il s'agisse là seulement du
monde enfantin peu habitué à la rationalité : il
s'agit de notre existence entière ; et ce genre de
souvenirs ne cesse, en nous traversant, de laisser en nous des traces équivalentes. Cela est vrai
des expériences concrètes de la vie personnelle ;
cela est vrai des rencontres que l'on fait ; cela est
vrai de toutes les lectures, de tous les apprentissages, de tous les contacts intellectuels.

Chacun sait l'influence que peuvent prendre
des souvenirs, non pas oubliés mais au
contraire présents à jamais, quand ils vous ont
une fois marqué. L'enfant qui a vu arrêter ses
parents ne l'oubliera jamais ; surtout il vivra
avec ses désirs, ses croyances, ses jugements
complètement orientés par cette expérience.
Mais sans aller si loin, chacun sait que la rencontre d'un ami, dont l'éducation a été autre,
dont les expériences et les lectures ont été différentes, éveille soudain en nous la compréhension d'un monde auquel nous n'avions pas
accès, avec ses espérances, ses colères, ses

valeurs. Tout cela aussitôt on le fait sien. Un jeune garçon qui a approché « le Grand Meaulnes » et qui est devenu son ami aura d'autres rêves, d'autres volontés, un autre idéal dans la vie ; il aura ceux de son ami.

De tels faits sont trop évidents pour que l'on y insiste ; il faut seulement que leur évidence même ne masque pas le rôle moins voyant mais peut-être non moins important des expériences oubliées.

Qui se rappelle la première fois où, étant enfant, il a buté contre le mensonge éhonté de quelqu'un et a compris qu'il ne pouvait rien faire ? Pourtant c'est de là que datent et une certaine méfiance et une certaine réaction de rejet à l'égard du mensonge. Plus tard qui pourrait dire, à moins que cela n'ait été un événement par ailleurs remarquable, la première fois où il a perçu et deviné la souffrance d'un exilé ? Cela a pu être un regard croisé, la remarque d'un proche, ou bien l'effet d'une lecture ; de toute façon s'est alors formée en lui, pour y mûrir et éventuellement y prendre de l'importance, une certaine compassion mêlée d'inquiétude, et peut-être, chez certains, d'un vague désir d'aider. Et puis ces expériences s'accumulent ; on recueille et on retient celles pour lesquelles un chemin a déjà été ouvert en nous et ce chemin, alors, s'élargit.

En fait, rencontres, amitiés, lectures, tout cela constitue notre expérience, qui s'accompagne toujours de réactions morales ou affectives ; celles-ci entrent en nous pour devenir une partie de nous-mêmes. Dès lors, elles présideront au développement même des autres expériences. Chacune trouvera un esprit déjà préparé et, en quelque sorte, armé; elle sera plus facilement reconnue, dominée et classée avec les autres; en même temps les valeurs qu'elle apportera viendront renforcer celles des rencontres précédentes. Et elles orienteront, d'autant plus nettement, les choix ultérieurs. Nous irons vers les personnes, vers les pays, vers les livres dont nous aurons l'impression qu'ils s'accordent avec ces premières réactions et qui en effet les renforceront. Nos souvenirs oubliés seront en tout nos guides.

Ces souvenirs-là ne reviendront sans doute jamais : leur influence, elle, a peu de chance de disparaître.

Mais il est temps de le dire : toute cette expérience, si riche d'influences, se fera d'autant plus vive et forte qu'elle sera passée par ces deux voies privilégiées que sont la littérature et l'apprentissage scolaire. Ainsi peut se justifier, même ici, le terme de « savoirs oubliés ».

Pourquoi la littérature ?

On pourrait penser que la vie, surtout dans notre monde actuel si riche d'événements dramatiques, de découvertes exaltantes et de facilités pratiques qui nous font connaître chaque jour un peu mieux l'univers dans lequel nous vivons, suffirait à nous fournir toutes les expériences souhaitables pour connaître et la terre, et l'espace, et tout l'univers.

Et pourtant, l'expérience passée par la littérature est singulièrement plus efficace.

Tout d'abord elle est infiniment plus ample. Non seulement elle nous fait entendre, directement, les voix de tous les voyageurs, et de tous les peuples. Elle nous fait cheminer pas à pas sur les routes de France (avec, par exemple, Julien Gracq). Elle nous décrit les mondes sauvages, les animaux étranges, les rites inconnus (avec, par exemple, Senghor) — tout cela de façon également directe et immédiate.

Mais surtout elle double toutes les voix du présent par celles du passé. Nous savons directement ce qu'ont ressenti nos pères ou nos aïeux ou les hommes qui vivaient quand se constituaient notre pays ou d'autres civilisations bien antérieures. Nous avons les confidences, les textes, les témoignages des Romains et des Grecs et des poèmes babyloniens et de toutes les cultures plus lointaines qui ont pu se succéder.

Et si c'était tout! Mais comment oublier cet autre monde bien plus étendu que le nôtre qui le double et nous enrichit, le monde de l'imaginaire? Oui, les découvertes de la vie sous-marine peuvent nous inspirer de la curiosité, de l'admiration; mais déjà Jules Verne leur avait ouvert la voie et nous avions suivi avec la même admiration et la même curiosité ses voyages impossibles. Et *Les Voyages de Gulliver*, et l'*Utopie* de Thomas More, sans compter la visite des enfers et du paradis sous la conduite de Dante. Tout! La littérature offre tout, et, comme on dit aujourd'hui, « en direct ».

Mais pourquoi parler des pays? Le fait est encore plus frappant pour les émotions. On a déjà évoqué ici le cas du jeune qui successivement a connu les expériences des grands textes littéraires; mais on n'a pas dit que ces expériences pouvaient couvrir un champ illimité. La littérature nous permet d'être, à la fois ou successivement, le meurtrier et sa victime, le roi dans des palais resplendissants et le pauvre qui meurt de faim, et de connaître aussi toutes les émotions de civilisations aujourd'hui englouties, d'être esclave, de pratiquer des sacrifices, d'adorer des divinités aux formes et aux volontés pour nous incroyables. Elle nous permet d'être homme ou d'être femme, d'être enfant ou bien vieillard et de toutes ces situations naissent à nouveau des voix qui nous parlent en une sorte de confidence universelle.

Une telle ampleur implique de notre part un choix, et nous l'impose; et c'est là que les premières tendances qui se seront éveillées en nous se traduiront par des orientations plus ou moins conscientes qui viendront les renforcer. Certains préféreront l'analyse raffinée d'une société de salons et d'autres la simplicité de la vie à la campagne : les uns liront Proust, les autres George Sand. De même certains aimeront retrouver dans la littérature une intériorité sobre et retenue, d'autres iront vers les aventures et le merveilleux : les premiers liront Madame de Lafayette, les seconds liront *Les Mille et Une Nuits*. Et je ne parle pas ici des divergences d'opinions qui se font jour entre toutes ces voies et opposent les partis politiques, les réactions morales, les engagements de toute sorte. Infinie par son champ, la littérature est également diverse par l'esprit qui domine chaque auteur. Cela permet à la fois les adhésions plus chaleureuses et la naissance d'élans de sympathie plus vifs; mais cela développe aussi, qu'on le veuille ou non, le sentiment de cette diversité, c'est-à-dire, par voie de conséquence, la tolérance.

Cependant cette variété même ne ferait que renchérir sur celle des expériences venues par d'autres voies ; et même cet esprit de tolérance peut en fait se développer au contact d'autres rencontres, d'autres découvertes, à condition qu'elles soient assez nombreuses. En revanche la littérature a un privilège, qui n'est pratiquement qu'à elle. Ce privilège est précisément de savoir par des mots communiquer l'expérience, la rendre présente et comme réelle en faisant passer dans l'esprit du lecteur les sentiments, les sympathies, les aspirations de l'auteur. C'est du moins le cas s'il sait écrire et s'il possède l'art de s'exprimer.

Naturellement, le cas limite est la poésie dans laquelle un sentiment intense ou subtil est enfermé dans une forme brève, frappante, facile à retenir et qui prend une réalité toute particulière. Poésie à l'origine en grec voulait dire création et il est de fait que même les auteurs d'ouvrages de prose ne cessent de se réclamer de vers qui les ont frappés et modifiés et qu'ils citent en exergue ou qu'ils commentent. Mais si la poésie marque une limite en ce sens, il reste que tout bon écrivain est un magicien et que sa magie nous ouvre un monde.

Et tout d'abord — miracle ! — les écrivains nous apprennent à voir. Tout simplement à voir les choses, à voir le monde. Le plus souvent je suis convaincue que notre perception des choses est le plus souvent superficielle, inattentive, insuffisante. Et je crois que l'observation, le choix des mots souvent attirent notre attention sur des détails présents, frappants, que nous reconnaissons et dont la vérité nous paraît évidente, alors qu'ils nous étaient inconnus. Je suis si fermement convaincue de ce fait que j'ai groupé dans le second appendice quelques remarques à ce sujet, m'interdisant de m'y attarder ici puisque l'idée ne concerne que très indirectement les souvenirs oubliés. Mais on y verra par exemple *Les Chats* décrits par Colette, avec leur douceur et leurs griffes et leur luxe ; je n'ai jamais beaucoup observé les chats ni aimé les chats ; mais le temps de lire un tel texte je retrouve la vérité des notations, ou plutôt je les découvre et en même temps, pour un temps, j'aime les chats ; et ce n'est peut-être pas tout car, pour un temps aussi, me pénètre une sorte de sympathie pour ce genre de sensualité qui rend si présentes les beautés des bêtes, des fruits et des plantes. L'admiration se double de compréhension, et la vision liée à un texte porte avec elle des réactions affectives, et proches déjà de jugements de valeur.

Mais surtout, les écrivains nous font ressentir et comprendre les émotions et leur sens. Et à cet égard, j'aimerais raconter une impression toute récente que j'ai éprouvée il y a quelques semaines : je venais d'écouter sur cassette, c'est-à-dire lu à haute voix, l'*Othello* de Shakespeare. J'étais seule dans une pièce tranquille avec du loisir et j'ai laissé le texte entier passer en moi. Quand il a été fini, je suis restée comme frappée de stupeur et de désolation. J'éprouvais une pitié dévorante pour Desdémone, la si pure et tendre Desdémone, qui venait une fois de plus de mourir victime du malentendu qui dressait

1. épouse d'Agamemnon qu'elle tue avec son amant; les deux seront tués par son fils Oreste

contre elle un époux bien-aimé. J'étais déchirée de pitié pour Othello, le Maure, qui venait dans sa folie et son imprudence de tuer celle pour qui il éprouvait une si puissante passion. Les deux pitiés ne se contredisaient pas, elles se complétaient. Il me semblait, depuis l'accablement où je me trouvais, comprendre mieux que jamais comment les êtres humains se font souffrir sans le vouloir, l'un par l'autre, alors qu'ils s'aiment et voudraient tout faire pour se le prouver. Il me semblait atteindre à un niveau de compréhension plus grand que dans toutes les années passées ; peut-être s'ajoutait-il vaguement la condamnation de la perfidie du traître, le regret de l'imprudence d'Othello qui n'avait pas mieux vérifié, l'étonnement devant l'ensemble de petits indices qui finissaient par aboutir à cette fin tragique d'une façon qui semblait presque inévitable. La pitié et la compréhension m'écrasaient. J'ai mis longtemps à me reprendre.

À quoi bon en dire plus, ces idées ne sont que trop évidentes. Mais je voudrais insister sur le fait.

Après tout, dans l'exemple que j'ai cité au premier chapitre et où je racontais mon extase subite en entendant deux vers de l'*Iphigénie* de Racine,

> *Et moi qui l'amenai triomphante, adorée,*
> *Je m'en retournerai seule et désespérée,*

il se passait sans doute exactement la même chose. J'ai raconté pour quelles raisons et dans quelles circonstances ce souvenir s'était gravé en moi. J'ai dit aussi quel rapport il pouvait avoir avec les sentiments que me portait ma mère; mais ai-je tout dit? Je n'ai pas signalé alors, ni peut-être compris, tous les échos qu'éveillait en moi le désespoir de Clytemnestre à l'idée de la mort de sa fille. Elle ne perdait pas sa fille par accident, elle ne la perdait pas par maladie, elle était prise dans une série d'actions et de douleurs entrecroisées dont elle n'était pas la seule victime. « *Et moi qui l'amenai...* » : par-delà le « moi » de Clytemnestre, cette formule laisse entendre la douleur d'Iphigénie, la jeune fille condamnée à mourir; elle laisse entendre un peu le drame du père qui va la sacrifier : comme pour Othello, la pitié pour un personnage se lie à cette compréhension des malheurs des hommes se torturant les uns les autres. Et en plus — ah! que de choses!... — ces désespoirs de Clytemnestre, je devais savoir qu'ils la mèneraient au crime et cela ajoutait encore une dimension à sa souffrance. Peut-être aussi avais-je vaguement conscience que cette immense douleur aurait dû être évitée et qu'Iphigénie serait sacrifiée à une ambition blâmable. Tout cela n'était pas conscient, mais je me rends bien compte après coup de ces chemins et de ces tendances qui s'ouvraient en moi et qui peut-être un jour trouveraient à s'épanouir.

Cette pitié, pour n'être pas toujours aussi intense, est presque toujours présente au sein des œuvres littéraires. À quoi bon faire la démonstration? À quoi bon citer la *Tristesse d'Olympio*? ou bien *Anna Karénine*? La même pitié se retrouve, latente et modeste, dans tous les détails qui nous touchent lorsque nous lisons un roman quel qu'il soit.

Et, s'il est ainsi possible d'en relever la présence dans tous les souvenirs qui restent bien vivants en nous, comment douter qu'il en soit de même pour les souvenirs oubliés ? Tous ces romans que nous avons lus, en avons-nous le souvenir ? Et même ces tragédies ? Et même ces poèmes ? Tout cela est passé, passé à travers nous. Mais d'avoir éprouvé, fût-ce d'une façon fugitive, de la pitié pour des êtres très différents, de la compréhension pour des situations inconnues, des espoirs et des désespoirs qui n'étaient pas les nôtres, comment une telle accumulation d'expériences même rapides ne laisserait-elle pas ouverte en nous la voie pour de tels sentiments, l'habitude et la connaissance de leur possibilité ? La littérature ne passe jamais en nous sans laisser après elle une petite marque qui peut être légère et à peine perceptible, mais pourtant capable de durer. Cette marque appartient au domaine du sentiment ; et chaque connaissance se double d'élans affectifs qui, peu à peu, dessinent nos goûts et nos aspirations.

Cependant nous avons admis comme seconde condition favorable que cette lecture des textes ait lieu dans l'enseignement et en classe. Ceci peut paraître quelque peu paradoxal. Car chacun sait que les grandes lectures décisives sont le plus souvent faites hors de tout enseignement, au hasard des rencontres. Pourtant les conditions dans lesquelles se fait la lecture des textes dans l'enseignement sont, à certains égards, singulièrement favorables. D'abord ils sont choisis en fonction de leur utilité et ce ne sont pas toujours ceux sur lesquels l'enfant serait tombé. Mais surtout, les conditions réunies dans l'enseignement présentent deux avantages qui sont la présence du professeur et une lecture lente.

La présence du professeur peut surprendre : il est beaucoup de professeurs dont les propos n'ajoutent rien au texte, tout au contraire. Chacun le sait, et je le sais moi aussi. Mais si le professeur est capable d'expliquer vraiment un texte, s'il sait se soumettre à lui et le laisser parler, en écartant tous les écrans qu'un faux savoir tend à multiplier entre l'auteur et le lecteur, alors il est bien évident que son commentaire doit faire découvrir aux élèves bien des traits qu'ils n'auraient pas aperçus sans cela. Et l'élan de sympathie ou d'antipathie en est enrichi. Qui plus est les enfants — comme beaucoup d'adultes — ont une tendance à l'imitation et le sentiment que l'on fait apparaître devant eux s'impose avec une singulière facilité à leur esprit mal défendu. Il est facile, terriblement facile, d'influencer le jugement et les réactions des jeunes. On signale un détail, un autre, comme cela, un peu au hasard et les voilà lancés dans une certaine voie. C'est une responsabilité qu'il ne faut pas méconnaître. Je n'oublierai jamais, quant à moi, l'expérience que j'ai faite avec une classe de seconde ; j'expliquais à cette classe le récit de la séparation de Didon et d'Énée dans l'*Énéide* de Virgile. J'ai dû me permettre quelques remarques, un peu pour m'amuser ou pour rendre les choses vivantes : le résultat a été que cette classe a pris parti d'un seul élan et avec passion pour Didon et contre Énée. Celui-ci était le traître et l'infidèle ; on ne considérait pas du tout quelles raisons il pouvait avoir et quelles justifications pour son départ. C'était une classe tout à coup de féministes enragées et de moralistes intransigeantes. Je me suis aperçue de ce qui se passait. Peut-être avais-je été moi-même influencée par le souvenir des adieux et des plaintes déchirantes de Didon dans l'opéra de Purcell *Didon et Énée*, mais j'ai dû faire effort pour redresser cette réaction, pour leur montrer qu'Énée pouvait avoir d'autres raisons que l'infidélité et en particulier un ordre indiscutable des dieux; j'ai dû leur montrer que la grandeur d'une œuvre tient souvent à ce que les douleurs sont ainsi tragiquement doubles — comme dans l'exemple de Desdémone et d'Othello; la pitié aussi doit alors être double. En tout cas j'ai mesuré ce jour-là la responsabilité du professeur qui est grande.

Parfois malencontreuse, elle s'exerce le plus souvent en bien. Faire remarquer le choix d'un adjectif, un silence, un contraste, un mot fort ou une image, c'est aider le texte à pénétrer plus aisément l'esprit des jeunes lecteurs et peut-être à y laisser cette trace durable dont il était question à l'instant. L'explication de texte peut être une ouverture à tout un monde; et il est bien dommage qu'elle soit trop souvent remplacée par des remarques extérieures et plaquées, qui, elles, ne servent assurément à rien.

De toute façon, et quel que soit le commentaire, la lecture d'un texte en classe est une lecture lente.

On lit en général beaucoup trop vite. On lit sans faire vraiment attention, sans remarquer, sans laisser au texte la possibilité de se faire entendre pleinement et dans toute sa force. Une lecture à haute voix est déjà différente. Et depuis que je n'ai plus accès aux livres que par les cassettes, c'est-à-dire par une lecture à haute voix, je mesure combien les détails me touchent davantage. En classe, si l'on lit ou commente un petit texte de vingt vers ou de vingt lignes, il est certain que les jeunes, s'ils écoutent (mais il y en a toujours quelques-uns qui écoutent), entendront ou remarqueront tout à coup, au hasard, tel mot, ou telle formule, ou telle idée : celle-ci, soudain perçue dans toute sa force, ouvrira en eux ce chemin destiné à durer. C'est ainsi que j'avais été moi-même frappée par les deux vers de Racine dont j'ai parlé. Mais on peut croire que dans chaque texte, dans chaque lecture il y aura un jour un élève pour percevoir et recevoir quelque chose : ce moment de perception, ce moment de choc n'existerait pas si l'on avait simplement demandé à l'élève de lire ce texte chez lui, tout bas, comme on lit en général.

Quelquefois le choc est avoué, visible ; et ses prolongements moraux apparaissent clairement. J'en ai eu un si bel exemple, dans mes brèves années d'enseignement secondaire, que je n'hésiterai pas à le rappeler, bien que je l'aie sans doute déjà, lui aussi, cité en quelque autre occasion. C'était au début de la guerre et j'expliquais un petit texte grec de l'orateur Lysias, racontant ce qui s'était passé lorsque, à la fin de la guerre contre Sparte, Athènes avait eu un gouvernement non démocratique imposé par le vainqueur. Ce gouvernement, ayant besoin d'argent, décida de s'en prendre aux métèques, c'est-à-dire aux étrangers domiciliés; et le texte raconte comment on envoya des représentants chez ces métèques pour s'emparer de leurs biens, parfois avec des violences : le frère de Lysias y perdit la vie. C'est un texte tout bref, une quinzaine de lignes peut-être, qui dit les faits sans commentaire, avec sobriété mais avec vivacité. Et je revois encore la petite fille qui, au second rang vers ma droite, tout à coup fronça les sourcils, secoua la tête d'un air de petit animal sauvage et me dit : « Madame, ça me dégoûte. » Je précise qu'au moment où j'expliquais ce texte, les violences contre les juifs n'avaient pas encore commencé ou du moins n'étaient pas encore connues; elles allaient bientôt se déchaîner, mais on n'en savait rien encore. L'émotion, l'indignation de cette petite venaient donc purement d'un texte littéraire. Elle allait bientôt avoir dans la vie réelle des raisons de ressentir pareille révolte. Je ne sais pas si elle les a éprouvées; je ne sais plus rien d'elle; mais, en tout cas, le terrain était préparé, la voie ouverte, la révolte déjà là. Elle pouvait resurgir, toute prête, à la première occasion — née de ce souvenir sans doute oublié, mais aussi de cette réaction désormais assimilée.

Oublié, ce souvenir d'un gouvernement éphémère d'il y a vingt-cinq siècles? Comment en douter? Mais il restait ce dégoût contre l'injustice et la violence qui était une fois entré en elle grâce à un texte littéraire, lu en classe.

Encore faut-il distinguer. L'occasion que je cite était mémorable et l'enfant avait été vraiment frappée. Je dis que le souvenir était oublié, en ce sens qu'elle ne se rappelait sans doute plus

La marque des valeurs 133

le nom de Lysias ni les dates de ce gouvernement, mais elle pouvait avoir gardé un certain souvenir. Cependant, combien d'autres ont disparu plus complètement ! Peut-être que les souvenirs des textes lus en classe, qui n'ont pas été choisis, que souvent la classe a écoutés avec une certaine indifférence, rentrent plus facilement que les autres dans ces cachettes lointaines des souvenirs oubliés. On voudrait pouvoir, pour illustrer la richesse de ces trésors, les en débusquer et les saisir au vol. Mais par nature ils se cachent. Force est donc de raisonner sur l'inconnu en partant du connu et de se dire qu'il en est ici comme pour les souvenirs des connaissances oubliées et pourtant, d'une certaine façon, toujours vivantes en nous. De tant de petites admirations et de brefs agacements, de tant d'émotions passagères et d'indignations prises pour des évidences, un trésor, là aussi, s'amasse, qui peu à peu nous fait ce que nous sommes.

On comprend donc par là qu'il puisse exister à travers ces lectures et ces menues découvertes une formation affective et morale autant qu'une formation intellectuelle ; et il vaudra la peine de s'y arrêter. Mais, auparavant, que l'on me pardonne : je n'en ai pas tout à fait fini avec la littérature.

On vient de rencontrer, chemin faisant, la notion de tolérance, liée à la diversité des lettres, et la notion de pitié, présente dans tant de textes : les deux notions semblent, comme deux courants, converger vers un autre, plus large, qui est le refus de la violence.

Ici encore, l'affirmation risque de choquer. Il

y a des textes littéraires qui respirent la violence. Il y a des épopées où est exaltée la force, la joie du massacre et du triomphe sur l'ennemi. Il y a des textes où la révolte semble tourner à la violence. Il y en a où le goût même en est affirmé : il y a des textes plus ou moins patriotards, intégristes, cruels, voire sataniques ou au moins sadiques. C'est vrai ; je l'ai dit : la littérature est le terrain même de la diversité. Mais soyons justes : ces écrits sont, malgré tout, l'exception. Même dans les épopées où s'exalte la force, apparaît souvent la pitié pour les souffrances qu'implique la guerre. Même dans les écrits où gronde la révolte, elle est souvent, en fait, protestation contre une société ou contre un monde où, de l'avis de l'auteur, règne l'oppression, équivalent de la violence. Dans ce cas, la révolte marque comme l'extrême de la pitié et constitue un appel à un monde meilleur. Ceux, par exemple, qui dénoncent les horreurs du goulag font appel à un sursaut de protestation, mais d'abord ils répandent cette intense pitié pour les victimes qui est fondamentalement refus de la brutalité et d'abord de l'injustice.

Normalement, parce qu'elle inspire la sympathie pour des victimes, la littérature sème l'indignation contre les torts qu'elle évoque ; et cette indignation s'accompagne, selon les cas, du besoin de protester, ou du désir d'aider et de consoler — le plus souvent les deux à la fois.

J'ai cité des épopées guerrières, mais on pourrait étendre la remarque aux écrits sur la guerre qui n'ont cessé de se succéder depuis les temps lointains de l'*Iliade* et à travers tous les siècles jusqu'à notre époque moderne. Tous constituent comme un témoignage, chaleureux et vibrant, qui décrit impitoyablement la violence, même si apparaissent de loin en loin les éclats brillants du courage ou le rayonnement sourd des longues patiences guerrières. Depuis la mort d'Hector dans l'*Iliade* jusqu'aux livres les plus récents sur la dernière guerre et sur ses suites, en passant par *Guerre et Paix* de Tolstoï, le ton serait le même et je parle des suites de la guerre en pensant par exemple aux livres de Primo Levi. Car ce nom même évoque pour moi une anecdote assez significative.

C'était il y a quelques mois, en Sorbonne, à une cérémonie destinée à célébrer le souvenir de la Shoah afin d'y associer les jeunes. Or une petite élève, venue avec d'autres apporter son témoignage, a dit que ce qui l'avait émue et portée à adhérer à ce mouvement et à travailler pour lui, c'était... non, ce n'étaient pas les documents accumulés dans la presse, les témoignages directs des médias, ni la tradition donnée dans l'enseignement de l'histoire : c'était, a-t-elle dit, la visite de Primo Levi et la lecture d'un de ses livres. Témoignage sans doute, mais témoignage littéraire qui avait éveillé ces prolongements affectifs et moraux que l'information est si souvent impuissante à provoquer.

Ceci ne doit pas surprendre ; car la nature même de la littérature est de s'inscrire en faux contre la violence.

Je ne chercherai pas à savoir si la violence est naturelle chez les petits des hommes et chez les hommes adultes, ou bien si elle est le fait d'une société, d'une éducation, de privations ou de quoi que ce soit : l'important est qu'elle existe ; tout individu, tôt ou tard, se heurte à elle ; sauf quelques rares exceptions, chacun alors voudrait se défendre, protester, en appeler à quelque puissance protectrice et équitable, pour lui montrer ce qu'il subit sans moyens de résister. Il ne le peut pas. De telles expériences abondent dans les récits de jeunesse et marquent douloureusement l'esprit de ceux qui les subissent.

Mais s'il ne peut pas faire ainsi appel et témoigner, l'écrivain, lui, le peut. Les œuvres littéraires sont cet appel et cette protestation que la jeune victime ou l'adulte désemparé n'ont pas pu faire entendre.

Il existe à cet égard un exemple qui est comme le modèle et l'archétype, parfaitement clair. C'est le *Prométhée* d'Eschyle. Dans cette pièce, Prométhée est cloué sur son rocher par deux émissaires du roi des dieux qui sont la force souveraine (*Cratos*) et la violence (*Bia*). À peine laissé seul, il prend à témoin l'univers entier, l'invitant à constater les souffrances qu'il doit endurer, l'injustice qui lui est faite et le mauvais traitement qu'il doit subir. Les maux se multiplient, regardés, contemplés. De fait, un mouvement de pitié au cours de la pièce lui répond. D'abord le chœur des Néréides, ces jeunes filles qui arrivent mues par la compassion et resteront avec lui jusqu'au désastre final. Mais aussi les hommes d'alentour, tous les hommes et la nature entière. C'est ce que dit l'admirable chant du chœur dont voici au moins quelques mots :

Je gémis sur le destin qui de toi fait un maudit, Prométhée ;

et les larmes qui coulent de mes yeux attendris inondent ma joue de leurs flots jaillissants.
Voilà donc par quels tristes arrêts érigeant en lois ses caprices !
Zeus fait sentir aux dieux d'antan son empire orgueilleux.
Déjà ce pays entier élève une clameur gémissante.

Eschyle énumère bien d'autres peuples :

Et, avec eux, les vierges de Colchide, intrépides combattantes : et les hordes de Scythie, qui occupent les confins du monde, autour du Méotis stagnant ;

puis bientôt, le cadre s'élargit :

Avec un sourd gémissement, la vague des mers retombe sur la vague ; l'abîme gémit ; les noires entrailles d'Hadès souterrain lui répondent par un grondement, et les ondes des fleuves au courant sacré gémissent leurs plaintes désolées.

Ce gémissement de l'univers entier dit assez l'horreur qu'inspire cette violence.

D'un bout à l'autre de la pièce, Prométhée a protesté contre elle. Mais, par-delà Prométhée, Eschyle a voulu témoigner lui aussi contre la violence qui peut régner dans le monde du fait de l'arbitraire ou de la cruauté. Et de même que la nature entière prend pitié de Prométhée et s'indigne avec lui, de même tous les lecteurs à travers les temps prennent pitié de quiconque est victime de pareils traitements et s'indignent contre ceux qui en sont responsables.

Dans l'œuvre d'Eschyle, où la pièce se continuait par une autre, le poète, qui voyait les choses de très haut, arrivait à une sorte de pacification par un échange entre puissances et une sorte de traité d'apaisement. Là aussi la souffrance de Prométhée s'inscrivait dans un monde complexe et partagé, avec des fautes et des responsabilités de part et d'autre qui se voyaient dans les autres pièces de la trilogie ; mais la seule pièce qui nous ait été conservée est justement celle où s'exprimait si fort cette protestation ; et celle-ci, on le sait, allait traverser les siècles, suscitant de nouvelles œuvres, à commencer par celle du poète anglais Shelley.

C'est là un exemple limite, je le reconnais volontiers. Mais il définit à mes yeux une des fonctions de la littérature, qu'elle ne remplit pas toujours, mais qui lui appartient en propre. Tout le monde n'a pas lu ni Eschyle ni Shelley ; tout le monde ne connaît pas, je pense, la légende de Prométhée. Mais il n'est personne au monde qui n'ait, plusieurs fois dans sa vie, rencontré des lectures comparables, ou bien écouté jadis l'explication de textes de ce genre — moins éclatants peut-être, mais propres à éveiller la même réaction.

C'est à quoi, en notre époque où fleurissent plus que jamais la violence et le fanatisme, où les attentats sont monnaie courante, où les enfants eux-mêmes s'adonnent à des crimes d'adultes et introduisent la brutalité jusque dans les murs de l'école, il faudrait bien donner quelque attention. Et s'il y a vraiment dans les études littéraires que je viens rapidement d'évoquer la possibilité d'un remède quelconque, non pas infaillible certes ni suffisant, mais capable au moins d'exercer une action, il serait urgent de leur rendre la place qui était la leur, et que, par une folle imprudence, on leur a progressivement retirée.

En attendant, et d'une façon plus générale, c'est un fait qu'aucune expérience n'est jamais tout à fait froide ni indifférente. Elle s'accompagne de plaisir ou d'hostilité, d'espoir ou de colère, de sympathie, d'admiration; elle est vivante. Elle rejoint en nous des dispositions qui seront à chaque fois enrichies, stimulées, contrariées, corrigées, complétées, mais dont le premier germe aura été semé alors — cela quel que soit le sort réservé à ces connaissances d'autrefois, et quel que soit le degré d'oubli qui les aura recouvertes.

Cette vie souterraine des souvenirs n'est pas facile à décrire, elle est secrète et impalpable; on est obligé d'avoir recours à des métaphores plus ou moins heureuses. Après avoir parlé de fiches et de roues dentées, je me suis mise à parler d'élans de sympathie, de connexions comme avec des courants électriques. J'ai conscience que tout cela est à la fois insuffisant et incohérent : je le regrette. Mais la tâche était difficile. Valait-il mieux parler, comme le fait ce grand connaisseur de la complexité des sentiments qu'était Gaston Bachelard, de « dynamisation psychologique » ou d'« irradiation » ? J'emprunte ces mots à des études sur l'expression poétique et les éléments du monde auxquels elle fait appel. Le propos est évidemment différent du nôtre, mais la complexité qu'il veut évoquer est du même ordre : il s'agit là aussi d'échos et de résonances s'attachant à chaque impression, la prolongeant, lui donnant son sens; et si Bachelard cherche surtout la source de l'inspiration poétique, il lui arrive de toucher à son effet sur le lecteur, les deux se rejoignant. Les études du philosophe sont toujours plus ou moins orientées vers l'imagination et le rêve; mais par là, elles aussi cherchent à traquer ce qui se cache derrière l'apparente simplicité du réel. D'où la tentation de chercher en lui un appui.

En fait, on se propose seulement ici de déceler l'élan de sympathie ou d'hostilité qui accompagne tous les souvenirs quels qu'ils soient, oubliés ou non. Je crois que l'on peut à leur sujet employer selon les cas et à son gré un vocabulaire affectif et parler alors de désirs, ou bien un vocabulaire moral et parler alors de valeurs. Or, une des tâches essentielles de l'enseignement, et en particulier de l'enseignement littéraire, est de semer et de renforcer en chacun ces valeurs diverses, qui sont comme l'expérience commune accumulée par l'humanité au cours des âges : sans elles — nous le pressentons aujourd'hui — il n'est pas facile de vivre.

V

POUR UNE FORMATION
AFFECTIVE ET MORALE

Bien entendu, tout enfant peut tirer de l'expérience concrète de sa vie des leçons d'ordre affectif et moral qui forment sa personnalité. Il n'est pas indispensable de passer pour cela ni par la classe ni par la littérature. Il reste — on l'a dit — que l'expérience accumulée dans la littérature ou l'histoire d'une civilisation offre un registre infiniment plus étendu et plus frappant que la plupart des vies. Il existe, certes, des enfants qui ont connu à travers des aventures heureuses ou malheureuses des découvertes, des changements, toute une initiation à l'existence ; d'ailleurs la littérature s'en est parfois fait l'écho. Mais ces cas sont des exceptions ; la plupart ne connaissent qu'une expérience médiocre et n'entendent que des conversations familiales sans envergure et parfois non dénuées d'acrimonie. La littérature prend donc le relais.

Et surtout elle présente cet avantage sans pareil d'offrir à l'enfant le choix. Devant les lacunes de la formation actuelle, certains ont regretté les cours de morale et de civisme qui existaient autrefois. Je n'ai rien contre leur rétablissement ; mais je ne suis pas très sûre de leur efficacité ; et, d'autre part, je crains que ces cours n'aient l'air de vouloir imposer aux jeunes esprits des valeurs que l'on soupçonnera d'être liées à certaines situations politiques ou sociales, et qu'en tout cas ils n'auront ni choisies ni senties de l'intérieur. Au contraire la littérature, ainsi que l'histoire ou la philosophie, constitue comme un immense catalogue, illustré et saisissant, de toutes les qualités, de toutes les conduites que les hommes ont pu admirer au cours des temps et de toutes les valeurs qui ont pu leur être chères. La littérature les offre aux enfants, les laisse réagir et c'est ainsi que certaines d'entre elles, peu à peu, les pénètrent. Ils s'y habituent ; mais d'abord ils les choisissent, comme on choisit ses amis ; et, après les avoir choisies, on leur est de plus en plus attaché et on les comprend de mieux en mieux.

La démonstration serait facile à faire pour certaines valeurs qui touchent immédiatement le cœur et l'imagination. Presque tous les enfants seront émus par le sort de victimes d'une injustice ; presque tous admireront au passage tel exemple de générosité ou seront touchés par une certaine promptitude à pardonner ; presque tous vibreront aux grands exemples de fidélité et de dévouement. Ils oublieront les faits, les noms ; mais chaque exemple aura ravivé au passage une disposition qui, sans cela, serait restée vaine et ne se serait pas développée. Mais on peut aller plus loin : même les vertus qui semblent désuètes et périmées, oui, même ces vertus-là peuvent, je crois, laisser à l'occasion leur marque et prendre racine dans l'esprit de ceux qui les rencontrent. On les voit délaissées ; on est prêt à en rire ; et pourtant elles allument au passage une petite étincelle ou bien ouvrent une voie, qui peu à peu s'élargira. Elles prennent seulement dans l'esprit des jeunes soit un autre tour, soit des traits un peu différents, mais, comme les autres valeurs, grâce à l'expérience accumulée par les siècles, elles survivent.

Je commencerai par la plus démodée peut-être, et en tout cas la plus inaccessible à de jeunes enfants, à savoir la sagesse. Le mot semble appartenir à un autre âge. Il n'est pas de notre temps. Et il agace plutôt les enfants si souvent invités à se montrer « bien sages ». Les voilà donc, de prime abord, prêts à rire et à tourner le dos.

Mais peu à peu ils vont découvrir que toutes les cultures en tous les temps ont eu ce respect constant pour ceux qu'ils appelaient les sages. Dans la culture biblique, voici la sagesse de Salomon. Chez les Grecs, voici Solon ou bien encore ceux que dans cette culture on appelait les sept sages ; ou bien voici, à Rome, les sages stoïciens, les sages épicuriens, et toutes ces images laissées dans Sénèque ou dans tant de textes des orateurs ou des philosophes : tous évoquent une sorte de sérénité fière à l'égard des péripéties de l'existence et une ferme résistance à toutes les pressions venues du dehors. Puis vient le domaine du français et l'on rencontre le mot appliqué à tel homme qui a beaucoup lu, beaucoup réfléchi et en est venu à maîtriser ses passions et ses sentiments : voici

Montaigne. Suivront les philosophes, les portraits tracés par les moralistes, jusqu'aux images des romans, comme ce vieillard souriant du village qui semble avoir tout connu et pouvoir donner sur tous les sujets d'excellents conseils. Et de celui que rien n'atteint ni n'abaisse, les textes disent : « C'est un sage. » Voilà une vertu aux formes bien diverses mais une chose est sûre : partout on rencontre le mot avec une connotation favorable ; partout on sent qu'il attire l'estime et le respect ; et peu à peu cette connotation favorable s'impose comme une habitude et ouvre dans l'esprit des jeunes une indulgence nouvelle. Ils auront oublié tous ces exemples, ou presque : ils garderont une image floue, un peu conventionnelle, d'une sorte de sérénité dans les épreuves. Ils garderont aussi l'idée que cette sérénité est louable. Ils garderont l'impression qu'il est sans doute puéril de manifester aussitôt et sans mesure sa déception ou sa colère, et que l'on peut faire mieux.

Oh ! Ils n'auront pas acquis la sagesse pour autant ! Ce serait trop facile... Mais voyez celui-ci qui comptait être premier et qui, à sa grande surprise, se voit soudain assez mal classé : ses camarades le regardent ; il a un petit geste de la main, très maîtrisé, comme pour dire : « Je comprends : c'est la vie ; je l'accepte. » Ce petit geste de la main n'est pas grand-chose mais il quête l'approbation ; on peut y reconnaître la trace laissée par la fréquentation des sages du passé qui acceptaient ainsi de pires épreuves. Il ne sait pas qu'il les imite ; mais une sorte de fierté s'ajoute à son expression de volontaire indifférence : la grande tradition est passée par là.

Mais dira-t-il, pensera-t-il, qu'il se conduit là comme un sage ? Certes non. Ce qui restera de la sagesse est ici le courage, car les vertus communiquent entre elles. Mais ce courage, parlons-en ! Lui non plus ne va pas sans difficultés. Car si l'on pense en premier lieu à ce courage physique du guerrier engagé dans la bataille tel que l'ont chanté les épopées de tous les temps, on a déjà vu qu'il pouvait y avoir à ce sujet des réticences. Ce courage-là est lié à des formes de patriotisme qui ne sont pas toujours bien vues, il est lié aussi à la guerre et aux souffrances qu'elle comporte : on a mentionné, au chapitre précédent, toutes les réserves qui pouvaient s'élever — parfois injustement — contre lui.

Pourtant, ce courage est bien dans l'esprit des jeunes à l'origine. On sait comme ils aiment jouer à la bataille. On sait comme ils sont fiers d'être de puissants chefs avec de fausses armées mais des soldats obéissants, et comme ils aiment triompher du camp ennemi avec passion et un rien de cruauté. Il y en a donc toujours un certain nombre qui accepteront l'idéal héroïque de l'épopée et peut-être en tireront plus tard un dévouement à des causes valables qui finalement seront à leur honneur et serviront les autres.

Mais, bien vite, la littérature leur enseignera qu'il y a d'autres formes de courage, plus élaborées, plus intérieures, plus difficiles peut-être à conquérir. L'histoire et les textes littéraires sont remplis d'exemples de ce courage-là. Ils les connaîtront et les oublieront : je crois les avoir moi-même en grande partie oubliés. Mais il restera ce halo autour du mot, cet élan de sympathie qui les aura touchés et peut un beau jour dicter leur conduite.

Car la guerre n'est pas tout, ni les batailles — même les guerres justes et les batailles inévitables. Si une des épopées d'Homère chante l'héroïsme de la bataille (c'est l'*Iliade*), l'autre chante les aventures d'un homme aux prises avec toutes les difficultés que lui suscitent la nature, le sort, ainsi que la mer et les dangers divers que tout à coup elle révèle. Déjà apparaît l'esprit de ce que seront les grands aventuriers, les découvreurs de mondes, les hommes naviguant seuls sur la mer et explorant les continents. J'ai cité plus haut Conrad, mais j'aurais pu citer tant de noms divers, depuis Christophe Colomb jusqu'à *L'Île au trésor*, et bien d'autres. Et pourquoi citer seulement la mer alors que l'air, l'espace, sont également ouverts à la conquête humaine? Les jeunes qui lisent ces récits auront, je le répète, oublié les noms, les dates et les titres des œuvres; mais certainement ils auront presque tous été émus par l'un de ces textes ou par l'autre et jusqu'en notre temps. N'iront-ils pas ainsi rêver, avec envie et respect, au Saint-Exupéry de *Vol de nuit*? Toutes les ambitions de l'aventure humaine naissent de tels récits.

Et si c'était tout!... Le courage a autant de visages que la sagesse. Déjà à la bataille, le vrai courage n'est pas de pourfendre le plus grand nombre d'ennemis possible : il est de rester, même blessé, aux côtés d'un ami en difficulté; il est de combattre sa propre peur et de la domi-

courageux, audacieux

ner. Il est aussi, loin de la bataille, de rester fidèle, malgré les épreuves, aux causes que l'on a embrassées, et à ses croyances. Je pourrais citer Galilée et les dangers qu'il courut pour ce qu'il avait jugé être la vérité. Mais même pour Jeanne d'Arc, ce n'est point le chef de guerre triomphant que l'on admire le plus en elle : c'est la femme seule en proie à ses juges et demeurant obstinément attachée à ce qu'elle a cru et voulu, à ce qui est sa foi. L'on voit dans des cas de ce genre, hélas très nombreux, certains visages dans la classe se raidir soudain en une admiration qui rejoint le présent, car résister à la torture et rester fidèle aux siens est une expérience que notre temps ne connaît que trop et que bien des œuvres littéraires récentes ont célébrée de façon émouvante.

Contre ce courage-là, rien à dire ! Il faut seulement l'avoir suffisamment entendu louer, sous ses formes diverses, avoir perçu l'image forte et rayonnante de tout ce qu'il implique de fermeté généreuse. Par petits chocs, ou peu à peu, l'idéal ainsi pénètre dans l'esprit, devient une partie de la personne et se trouve en quelque sorte assimilé.

Revenons à ce pauvre élève : peut-être est-il en train de subir une injustice et de se laisser punir pour un autre ; il aura ce front levé et cet air de résolution hardie où se reconnaît le souvenir oublié des héroïsmes du passé. Rien à faire : cela est entré en lui, pour toujours.

Il aurait peut-être de toute façon réagi ainsi ; car les instincts sont en nous ; et bien des enfants sans aucune culture peuvent se montrer d'un rare courage. Mais, justement, s'il avait, au départ, cet instinct en lui, il aura été plus touché par les exemples multipliés que lui offrent les textes : ainsi, cet instinct aura pu se développer dans de meilleures conditions ; et le souvenir restera, latent mais tout proche, au trésor des souvenirs oubliés. Il faut d'ailleurs ajouter que déjà la littérature fait la distinction et le choix : il y a nombre de textes à travers les temps qui se moquent de façon vive et convaincante du matamore ou du soldat fanfaron ; il y en a aussi, dès la plus haute antiquité, qui exaltent l'homme capable de rester lui-même face aux menaces.

Cette variété dans les formes se retrouve dans une troisième vertu que j'ai retenue parce qu'elle aussi risque de paraître singulièrement discréditée : la pureté. Elle est sans doute liée aux conventions sociales. Et c'est pourquoi elle peut prendre des formes qui nous paraissent parfaitement risibles. Quand Paul et Virginie nous offrent l'image de héros qui, au nom d'une pudeur absurde, acceptent plutôt la mort que l'indécence, nous avons le droit de nous moquer de la pureté. Mais l'élève dans les textes trouvera bien d'autres formes, plus simples et plus émouvantes ; il trouvera toute la galerie des jeunes filles qui commence avec la très charmante Nausicaa rencontrée par Ulysse dans Homère, qui se poursuit avec toutes les jeunes héroïnes d'Euripide prêtes à donner leur vie pour le bien des leurs, et qui peuple notre littérature de rêve avec les jeunes filles de Musset par exemple et plus récemment celles de Giraudoux. Mais il faudrait compléter par la galerie de ces très jeunes gens qui ne connaissent aucune forme de souillure, les Lancelot, les Télémaque, voire le génie Ariel. Il faudrait surtout compléter par cette pureté morale qui accompagne leur grâce et qui rejoint certaines des formes de courage que l'on citait précédemment. Il y a de la pureté encore dans *Le Grand Meaulnes*; et puisque je citais tout à l'heure Saint-Exupéry, il y en a dans *Le Petit Prince*. Dans notre époque sans illusions et qui affiche volontiers ses plus mauvaises tendances, il est inévitable que de ces images l'une ou l'autre atteigne un jour tel jeune, un jour tel autre, et que peu à peu se construise en lui l'idée d'une pureté qui pourrait lui être chère et lui être proche.

Il est peut-être plus difficile de constater cette influence-là; car les jeunes s'en cachent. De tout temps la jeunesse s'est voulue adulte et affranchie. Peut-être est-ce pour cela que beaucoup de textes littéraires font reculer cette pureté jusqu'à une enfance peut-être menacée, mais encore innocente. Quoi qu'il en soit, il se pourrait que les jeunes d'aujourd'hui dissimulent des tendances, qui restent chez eux bien réelles, sous des allures cyniques et des glissements de vocabulaire. On ne parlera pas de pureté, non! Mais on parlera d'intransigeance en donnant à ce mot un sens favorable. Il signifiera que l'on n'accepte pas les compromis et c'est bien ce que voulait dire pureté. Il signifiera que l'on maintient son idéal envers et contre tous, que l'on ne connaît pas les soumissions à la société, à ses menaces et à ses bassesses. Mais ce sera toujours de la pureté.

Car elle aussi, la pureté, a bien des visages.

Elle peut à l'occasion s'appliquer à des sentiments très forts, voire violents, ou même coupables. Un sentiment que rien ne vient atténuer, aucune considération d'intérêts, aucun calcul mesquin, quel qu'il soit. La littérature, précisément, nous invite à partager ces hautes passions, ces passions sans mélange. Et j'aimerais citer ici une phrase de Giraudoux qui sonne un peu comme une boutade, mais contient, je crois, une large part de vérité. C'est dans le monologue du jardinier d'Électre, lorsque celui-ci déclare : « *On réussit chez les rois les expériences qui ne réussissent jamais chez les humbles, la haine pure, la colère pure. C'est toujours de la pureté. C'est cela que c'est, la Tragédie, avec ses incestes, ses parricides : de la pureté, c'est-à-dire en somme de l'innocence.* »

Je crois qu'il y a beaucoup de vrai dans cette déclaration. J'espère que la jeunesse retiendra des formes moins suspectes de pureté ; cela vaudrait mieux ! En tout cas, j'en ai énuméré assez pour que bien des possibilités s'offrent à elle. Mais déjà celle-là, avouons-le, élève un peu les cœurs ; et l'on peut éprouver des sentiments sans mélange et sans compromis tout en s'abstenant d'actes comme ceux qu'évoque le jardinier d'Électre.

D'ailleurs on retrouve, ici encore, l'élan premier de toutes ces puretés. Quand je vois un élève jeter un regard surpris et offensé, sans rien dire, sur celui qui devant lui est en train de tricher, je reconnais cet air d'adolescence intègre et sans faille qui était l'allure du *Cid* joué par Gérard Philipe.

Les vertus peuvent changer de nom, leur

contenu peut varier : il en reste toujours quelque chose, même quand les occasions où on les a connues sont désormais oubliées. Et que de valeurs on pourrait citer !

Et je n'ai pas parlé de la tendresse qui rayonne dans tant de textes ; je n'ai pas parlé de cette distance qui s'établit grâce à une légère ironie et marque un ton civilisé qui se trouve de façon si délicieuse dans Beaumarchais ou dans Marivaux : pourtant l'élève découvre cela avec surprise ; il n'est pas encore capable d'imiter un tel ton, mais, peu à peu, il est séduit par cette manière d'aborder la vie, et probablement tenté d'y arriver un jour ou l'autre.

Non, je n'ai pas parlé de toutes les vertus, de toutes les valeurs, loin de là ! J'ai surtout voulu montrer que même pour des valeurs aujourd'hui plus ou moins passées de mode, la littérature offre, sous des formes diverses, les éléments qui fournissent aux jeunes esprits les goûts, les certitudes, les aspirations à partir desquels se construira leur vie. Cela les ferait rire sans doute de penser que ces textes auxquels ils n'ont pas toujours prêté grande attention ont finalement contribué à former en eux ce qu'après coup ils prennent pour des instincts. Mais après tout, nul ne s'étonne de voir que l'on prend aussi peu à peu les goûts, les certitudes et les aspirations de son entourage : pourquoi ne serait-on pas plus ouvert encore à cet entourage sans limites qu'offre la littérature de tous les siècles et de tous les pays ?

Mais ici se pose une question assez grave. Car j'ai pris soin — parfois en me donnant du mal — de joindre aux exemples anciens quelques

N.t. ôter l'éclat, la fraîcheur de

exemples de notre littérature moderne. Or, en fait, il n'est pas vrai de dire que toute la suite des textes littéraires n'a cessé d'exalter les valeurs et de chanter des héros ou d'encourager au bien : cela a été vrai pendant de longs siècles et a récemment cessé de l'être.

Il est parfaitement exact que les littératures anciennes ont constamment loué directement et sans se cacher les vertus ; il y a eu des traités sur les vertus, sur chaque vertu ; il y a eu des éloges des héros et des grands hommes ; il y a eu des histoires édifiantes. De même la littérature classique, quand elle a montré le mal, s'en est chaque fois excusée en expliquant que c'était pour le flétrir et pour le bannir. Là aussi les textes des moralistes, les romans eux-mêmes ont constamment soutenu des valeurs qui sont en gros celles qui viennent d'être évoquées. Mais de notre temps, tout a changé. Quand s'est fait ce changement, et pour quelles raisons, c'est là une question qui mériterait d'être longuement discutée. J'aurais, *a priori*, tendance à penser que l'évolution a commencé doucement, dans le cours du dix-huitième siècle, pour s'épanouir ensuite, de plus en plus jusqu'à nos jours. Je ne parle pas, bien entendu, d'une évolution régulière et prenant dans son mouvement tous les auteurs et tous les genres. Bien des exemples cités plus haut prouveraient combien l'idée demande à être nuancée. Mais enfin, il semble bien que la ligne d'ensemble apparaisse assez nette.

Déjà un livre comme *Les Liaisons dangereuses* n'est point une invitation au bien ; mais, peu après, il y aura Sade ; l'on verra les romans s'attacher de plus en plus à décrire les maux et les scandales de la société ; on verra les poètes pénétrer dans les domaines jusqu'alors interdits ; cela commence avec Baudelaire mais se précise nettement avec Rimbaud ou Apollinaire. Et bientôt les livres de notre temps deviennent une invitation ouverte au refus ; ils n'écartent aucune situation ni aucun sentiment du champ de leur investigation ; et ils respirent partout la révolte. Le grand éloge, pour un livre, en notre temps, est de dire qu'il est « décapant ». On célèbre ce qui ressemble à un cri. Et alors que les littératures anciennes ou classiques célébraient si volontiers la beauté de la vie humaine, les nobles sentiments et la douceur de l'existence, la littérature de notre temps exprime presque toujours une sombre amertume ; et celui qui se permet d'être optimiste passe en général pour naïf. Je ne sais trop comment il faut l'expliquer. Il se peut qu'il y ait là une évolution naturelle de l'expression littéraire : à force de progresser, l'analyse psychologique élargit progressivement son champ d'observation et s'attache à des réalités de plus en plus difficiles à traquer et de moins en moins avouées. Il se peut aussi qu'il y ait une évolution normale liée aux découvertes de la liberté, quand celle-ci, plus ou moins bien comprise, se fait dès lors une gloire de rejeter toutes les contraintes. Il se peut aussi que les contraintes, en fait, aient été trop lourdes. Il est également possible que l'idée de la nécessité du partage, et du partage entre tous, ait rendu plus apparents et plus pesants les défauts qui s'attachent pratiquement à toutes les sociétés. Dès lors le mouvement est lancé et va s'amplifiant.

Mais, quelles que soient les raisons, je voudrais ici présenter deux remarques.

La première se rattache un peu à ce que l'on disait plus haut des appels à la violence. Elle consiste en effet à dire que la révolte contre la société et contre certains aspects de la condition humaine se fait, en général, au nom d'un idéal contrarié. Ce n'est pas peut-être le cas chez tous ; on ne peut généraliser à la hâte ; mais, en gros, je crois que cela compte beaucoup. J'ai parlé d'un besoin de partage ; on pourrait dire aussi le sentiment d'un certain idéal peut-être irréalisable, en tout cas non réalisé : on le trouve souvent à la source de ces révoltes. On le trouve dans ce besoin de vérité, de dureté, de protestation qui se fait jour dans tant d'écrits et qui est en réalité l'expression d'espérances déçues et d'exigences insatisfaites. On veut la vérité à tout prix, la liberté sans limites, peut-être le courage et la pureté au service des timides et des corrompus : tout se passe comme si ces aspirations devant l'état du monde réel tournaient à l'aigre et ne s'exprimaient plus que sous la forme du refus. Dans la mesure où il en est ainsi, une des attitudes serait le complément et l'envers de l'autre : elle n'en serait pas la négation.

J'ai l'optimisme de le croire. Mais je voudrais ici parler en professeur. Si l'on veut vraiment donner aux jeunes une formation qui les aide à aborder la vie et qui contribue à construire leur personnalité affective et morale, il me paraît essentiel de commencer par leur donner, à eux qui sont jeunes et sans expérience, les rencontres et les textes où ces valeurs s'expriment de façon simple et directe. On ne peut leur demander l'effort difficile de rechercher l'élan positif caché derrière ces négations et ces refus : ils se laissent prendre aux apparences. Or il faut avant tout éviter tout malentendu.

C'est bien pourquoi je crois que c'est une erreur grave que de les mettre aussitôt en contact avec ces formes récentes de la littérature, qu'il faut au contraire les habituer aux formulations simples et constructives des textes classiques et qu'il faut, si possible, les initier à ces littératures anciennes qui avaient la simplicité de dire ce qu'elles attendaient des hommes.

Même s'il s'agit d'un simple cours de littérature ancienne, faute de mieux, ce sera aider non seulement à leur formation intellectuelle, à leurs connaissances, à leur jugement, mais — on le voit — à leur formation intérieure d'hommes responsables.

Mais ce n'est pas tout ; et cette conclusion pourrait sembler partiale. En fait, si j'insiste en faveur de ces littératures classiques, qu'elles soient latine, grecque, française, anglaise, allemande ou ce que l'on voudra, c'est parce que cette littérature moderne, cette littérature du refus, est en tout cas présente pour les jeunes ; c'est elle qu'ils auront l'occasion de lire ; c'est sur elle qu'ils liront des critiques ; c'est d'elle que seront tirés les films auxquels ils assisteront soit au cinéma, soit à la télévision ; elle pèsera sur eux, les entourera, leur fournira une ample matière à réflexion : elle est là autour d'eux présente et elle ne tend que trop à effacer tout le

largement ouvert

reste par cette présence même. L'autre littérature, non !

Elle n'est pas là, autour d'eux, si l'enseignement ne la leur apporte. Pour compléter l'image que leur offrent les œuvres modernes, pour leur permettre de choisir en toute liberté et de se former de façon simple et selon un ordre pédagogique, il est nécessaire que l'enseignement leur fournisse cette contrepartie, ce contrepoids, peut-être ce contrepoison. C'est une question d'honnêteté. C'est aussi, dans une certaine mesure, une question de salut public.

Que l'on me pardonne si j'ai l'air ici de tourner le dos à mon époque. Je voudrais préciser qu'il n'en est rien. Je connais, j'admire le talent des auteurs les plus modernes, ou du moins de certains d'entre eux. J'en suis moi aussi nourrie. Je ne vis pas comme je vivrais si je ne les avais pas lus. Ils m'entourent. Et je ne parle pas seulement de Gide ou de Proust : je veux vraiment dire les romans de l'an passé où tout à coup, dans un monde qui n'est pas le mien, je vois des formules, des analyses, des personnages qui ouvrent un pan nouveau dans mon univers intérieur. Mais je ne suis pas un élève de seconde ; je ne suis plus dans cette attente *béante* où se trouve celui qui a tout à apprendre ; j'en sais assez pour partir sur les chemins de la découverte. Ce n'est pas vrai des élèves de seconde. Il suffit de lire leurs copies ou d'écouter leurs commentaires pour s'en rendre compte : il leur manque encore ce trésor des souvenirs oubliés, par rapport auxquels se situent les lectures, et grâce auxquels s'élabore progressivement l'idée de ce que, plus tard, ils veulent faire d'eux-mêmes et de leur vie.

Il se peut d'ailleurs que la mode s'en mêle ; une tendance peut triompher aujourd'hui et une autre demain. L'évolution que j'ai dite ne s'est pas faite de façon régulière ni sans à-coups. Et toute évolution connaît ces retournements. Il faudrait donc éviter de façonner les élèves à des attitudes qu'ont connues les professeurs dans leur jeunesse et qui demain peut-être seront remplacées par d'autres bien différentes. Facteur de libre choix, la considération des littératures classiques est donc aussi un facteur d'équilibre et de stabilité. Nul ne niera que ce soient là deux qualités dont les jeunes d'aujourd'hui auront grand besoin demain.

Toutes les valeurs sont sujettes à l'évolution. On a vu que les plus traditionnelles pouvaient changer, avec le temps, ou de contenu, ou même de nom. Et, selon les époques, on privilégiera l'une ou l'autre. J'ai parlé des plus traditionnelles : j'aimerais pour finir m'arrêter un instant sur une vertu plus pratique, mais dont l'absence se fait cruellement sentir dans notre monde actuel et pour laquelle l'enseignement, avec ses savoirs oubliés, pourrait jouer un rôle décisif. Il s'agit du sens civique que l'on peut appeler, si l'on préfère, le sens de la collectivité, ou du bien commun, voire de la solidarité. Manifestement, on ne connaît aujourd'hui cette solidarité que sous des formes assez restreintes : ce peut être un lien professionnel, syndical ou bien ethnique au sens étroit et exclusif du terme ; c'est rarement le sens de la collectivité commune à tous qu'est l'État ; et c'est encore moins le respect de la loi, établie pour préserver la sécurité de chacun. Cela commence très tôt, cela commence à l'école avec les petites destructions et les petites violences, mais aussi avec l'indiscipline qui fait que l'on empêche les autres de travailler et de tirer profit de ce qui leur est apporté. Il est inutile, je crois, d'insister sur ces faits : tout le monde les connaît ; et, sans aucun doute, tout le monde les déplore. Mais on ne se rend pas assez compte que cela tient en grande partie à ce que l'on apprend aux élèves en classe, ou ne leur apprend pas.

Je sais que ce n'est pas facile. Je sais qu'il y a des problèmes presque insurmontables, en particulier dans les établissements où sont groupés de nombreux enfants appartenant à d'autres cultures et *a priori* plutôt hostiles aux messages qu'apportent nos textes. Déjà leur manque, au départ, ce sentiment d'appartenance, qui doit être à la base du sens civique. Je sais que dans ces établissements les professeurs ont un mal incroyable et que tous les moyens devront être employés pour tenter de créer ce sens civique si important. Mais parmi ces moyens, je souhaiterais que l'on n'oublie pas aussi complètement qu'on le fait l'apport des lettres.

Car c'est un fait : ce sentiment, s'il est exprimé avec assez de force, peut, même s'il s'agit d'esprits inattentifs et peu cultivés, apporter aux élèves quelque chose de précieux — une impression d'accord sur certains points, une vague sympathie, et peut-être une ou deux illuminations sur la signification que peut prendre ce lien entre les personnes où ils ne voyaient qu'abstraction déroutante.

Pour une formation affective et morale

Il se trouve que la littérature, les textes, l'histoire, exaltent de façon presque continue ce sens de l'appartenance à une communauté. On le voit déjà avec la Grèce, avec le civisme des héros de Troie dont Hector reste le merveilleux modèle ; mais surtout, dans la petite cité de l'époque classique, comme il était facile de se sentir membre d'une collectivité et d'être prêt à tout sacrifier pour les avantages qu'elle vous procurait ! Tous les auteurs ont répété cette idée : Périclès, à un moment crucial de l'histoire, déclare que le plus important pour un homme est la prospérité de l'État, car de cette prospérité de l'État dépend la sienne et non le contraire ; de même il exalte le dévouement pour la Cité. Démosthène le fera ; la tragédie ne cesse de répéter la même idée, mettant le bien de la Cité avant tout le reste. « Bon, me dira-t-on, mais les jeunes ne lisent plus les textes grecs. » Que leur servira tout cet héritage d'exaltation du civisme ? » J'admets cette situation — provisoirement au moins. Mais peut-être auront-ils fait du latin. Et voilà que le latin leur offrira la même chose. Le latin leur offrira le sens aigu des droits et des devoirs du citoyen, l'idée que chacun doit sacrifier héroïquement tout ce qu'il a et tout ce qu'il est au bien de la collectivité. Le latin citera des hauts faits de dévouement de ce genre et les textes de Cicéron et d'autres rappelleront la pensée grecque de l'importance du civisme. « Bon, me dira-t-on, mais ils n'ont pas non plus fait de latin. » S'il en est ainsi, qu'à cela ne tienne. Cette pensée est passée dans beaucoup d'auteurs français et elle a pris bien des formes diverses. Je ne parle pas

T, fils de Vespasien, s'empara de Jérusalem (70); éruption du Vésuve (79) il emmena B., princesse juive, à Rome

des traités de réflexion politique, mais lorsqu'une tragédie montre par exemple le sacrifice de Titus renonçant à son amour pour Bérénice parce que l'intérêt de l'État l'exige, ou lorsqu'une autre tragédie nous montre la clémence d'Auguste faisant passer le souci du bien commun avant les rancunes privées, n'est-ce pas exalter une des formes de ce dévouement à la collectivité ? Et si l'on ne se sent pas la fibre royaliste, si l'on ne veut pas comprendre ces exemples de rois modèles qui se retrouvent jusque dans certaines figures de la littérature actuelle, eh bien ! l'on peut prendre les héros de la Révolution. « Citoyen » : le mot a été remis à la mode par la Révolution française et les grands révolutionnaires ont tous prôné le dévouement à la collectivité. Peut-être cela n'apparaît-il pas dans des œuvres littéraires, mais l'histoire nous le rapporte, l'histoire nous cite les mots, l'histoire est pleine d'exemples à ce sujet. Et je ne parle évidemment pas des exemples plus modestes où il faut, à la guerre ou sous l'occupation, tout sacrifier pour le bien commun. Oui, je sais, certains n'auront pas lu ces textes ; presque tous auront oublié les exemples historiques et les mots célèbres ; tout cela sera passé et aura été oublié. Mais comment n'en serait-il pas resté, tout au moins, le sentiment d'une longue tradition et de textes convergents ? Comment n'en serait-il pas resté, même dans un esprit fruste et peu attentif, la trace de fugitives ferveurs qu'auront éveillées tels ou tels exemples ? Il faudrait imaginer des esprits bien butés ou des professeurs bien maladroits pour que pas une fois il n'y ait eu d'écho,

mais ne l'épousa pas (Racine,

Pour une formation affective et morale 163

il n'y ait eu d'étincelle, il n'y ait eu un court moment de compréhension et d'admiration. Ces impressions fugitives auront laissé l'idée qu'il y a quelque chose de beau à voir par-delà les intérêts immédiats, ce bien de tous, qui est aussi le nôtre. Même si ce n'est qu'une nostalgie imprécise et le sentiment vague d'une évidence à vérifier, quelque chose restera qui modifiera la façon d'accueillir les expériences du présent, que ce soit dans les réalités politiques du moment ou tout simplement dans la vie de la classe : les événements se rangeront avec un signe positif ou négatif par rapport à une notion qui auparavant n'avait pour ces jeunes aucun sens.

À ce sujet, j'aimerais revenir sur une expérience toute récente. J'écoutais à la radio une émission sur la violence à l'école. Plusieurs personnes sont intervenues : des gens fort compétents, des professeurs, des psychologues, des médecins, des juges ; beaucoup de remarques tout à fait raisonnables ont été faites sur la nécessité de conversations, d'écoute, de surveillance ; on a même insisté sur le rôle du professeur qui pouvait devenir une sorte de confident et de guide par rapport à ses élèves. Je ne dis pas que ce rôle ne doit pas être recommandé. Mais je me suis étonnée, et je m'étonne encore, de constater que personne, au cours du débat, en évoquant le rôle du professeur, n'ait songé un seul instant au contenu même de son enseignement. Des confidents, des directeurs de conscience, très bien. Mais ne savaient-ils pas que tout ce qui s'enseigne porte son fruit en ce domaine, que pour faire comprendre ce qu'est le bien de tous et l'utilité d'une règle valable pour tous, il n'y a qu'à écouter cette longue série de témoignages, d'appels et d'analyses qui remplissent toute l'histoire de notre culture ? Pas une des personnes interrogées n'y a fait allusion et peut-être est-ce un peu ce à quoi je tente aujourd'hui de répondre. Je ne dis pas que le contenu de ces enseignements littéraires (et j'entends littéraire au sens large bien entendu) puisse être un remède infaillible : les autres non plus en vérité. Mais c'est un remède qui est dans la nature même de l'enseignement littéraire, qui a fait ses preuves pendant des siècles et des siècles et il est au moins absurde de penser qu'en un moment où le besoin d'un remède se fait si puissamment sentir, on renonce à celui qui a toujours été en usage et dont j'ai tenté d'expliquer ici le long cheminement dans les cœurs.

Déjà, dans l'Antiquité, les anciens Grecs, en recommandant la lecture d'Homère, pensaient que les élèves y trouveraient des modèles et auraient envie d'imiter les héros. C'était là une notion un peu simple sans doute ; et les analyses offertes ici ont essayé de dépasser cette notion de modèle, pour montrer comment les rêves des auteurs et les déclarations des hommes au cours des siècles peuvent peu à peu semer le sens de certaines valeurs dans l'esprit de ceux qui les étudient. Il ne s'agit pas, on l'a vu, d'imiter les héros d'Homère ; nous n'en demandons pas tant et nos vues sur ce point ont évolué. Mais de tous les textes, de tout ce qui est l'histoire et le patrimoine de l'humanité, quelque chose passe dans l'imagination des jeunes, s'y modifie, s'y implante, y prospère et c'est ainsi que peu à peu ils seront non pas des héros d'Homère, mais, du moins, des hommes de bien.

Pour rendre un peu plus sensible l'idée de ce levain attaché aux textes et aux témoignages de l'histoire ou bien à la réflexion des hommes, j'aimerais m'arrêter à un exemple qui a bien des raisons de me toucher — celui de la mort de Socrate.

Là se retrouvent mêlés et confondus les souvenirs présents et oubliés, les valeurs actuelles ou démodées, que l'on voit traverser les siècles pour reparaître en notre temps.

Socrate ? Bien des gens doivent aujourd'hui ignorer totalement qui il est. Pour certains ce n'est, je pense, que le nom d'une très mauvaise méthode de réservation des places dans les trains de la S.N.C.F. Triste fin pour un philosophe ! Pour d'autres, ceux qui ont fait un peu de grec ou qui ont lu quelques auteurs classiques ou qui ont abordé la philosophie, Socrate est un peu plus. Quoi exactement ? Cela dépendra des gens, de leur tour d'esprit, de leur mémoire et des circonstances dans lesquelles ils ont approché Socrate.

Pour les uns, qui ont lu quelques dialogues de Platon, en traduction naturellement, ce sera le modèle même du professeur, avec sa tendresse et son ironie, avec sa patience, avec ses lents détours pour amener ses interlocuteurs à découvrir leurs vraies pensées et à découvrir la vérité ; il représente à jamais un modèle en ce genre. Tous, nous croyons l'avoir connu. Et tous, si nous enseignons, nous aspirons un petit peu à l'imiter. Je ne suis même pas sûre que le jeune élève de rhétorique ou de philosophie qui aura eu un bref contact avec cet enseignement si exceptionnel ne rêvera pas tout bas d'avoir été l'élève d'un tel maître ou, un jour, d'interroger comme lui, des disciples, avec tant de pénétration et d'affection.

Même si plus tard il oublie cette impression passagère, il en gardera probablement l'idée que l'enseignement peut être une belle chose et qu'il a connu quelqu'un de merveilleux à cet égard, qui n'existait pas dans la réalité mais qu'il est précieux d'avoir approché. Peut-être, même au passage, l'idée de la sagesse dont il était question plus haut aura-t-elle pris pour lui un tour plus vivant et une connotation plus amicale.

Mais d'autres se rappelleront surtout comment Socrate a fini, condamné injustement à mort. Je sais que même si tout le reste est oublié, les dates, les raisons, la valeur du personnage et les raisons de sa condamnation, le fait du moins est bien connu ; je le sais parce que, presque à chaque conférence que je fais et où intervient un éloge de la Grèce, quelqu'un, qui peut être souvent un jeune, m'offre aussitôt l'objection : « Mais comment ? Ces Athéniens dont vous dites tant de bien ont condamné injustement Socrate : ils en restent à jamais flétris ! » Avec le peu de rôle des femmes et avec l'existence des esclaves, la mort de Socrate est une des trois critiques auxquelles je ne cesse de répondre. Il m'est facile d'expliquer que la faute commise par les Athéniens est bien réelle, mais que la dénonciation de cette faute, l'indignation contre cette erreur, le scandale ne sont pas venus de nous et après coup : elles sont nées aussitôt et à Athènes même. Il est facile aussi de répondre que si des auteurs comme Platon n'avaient pas écrit des dialogues de défense où l'on voit l'admirable rayonnement du maître et où l'on ressent l'indignation du sort qu'il a subi, jamais cette indignation ne serait venue jusqu'à nous. Elle est née dans toute sa beauté et sa noblesse, tout de suite, dans cette Athènes même où Socrate venait de mourir ; et ces jeunes objecteurs ne se rendent pas compte que leur sévérité, qui est saine et légitime, a précisément été semée en eux, de façon directe ou indirecte, par ces textes d'autrefois. À leur manière, et sans le vouloir, ils offrent donc un merveilleux exemple de la thèse que j'essaye ici de défendre. Leur cas rejoint les faits que j'ai cités pour montrer que l'indignation devant l'injustice, devant la violence ou toute autre attitude coupable, nous atteint et nous pénètre à travers les textes qui en ont parlé. Eux aussi, c'est à travers Platon que, hâtivement, ils blâment la Grèce, mais c'est aussi grâce à Platon que, passionnément, ils se dressent contre une condamnation injuste. La mort de Socrate rejoint alors les autres exemples qui se sont succédé à travers les siècles et contre lesquels souvent les auteurs ont protesté : elle rejoint les condamnations injustes que connaît encore notre temps.

Mais le cas de Socrate reste cependant un peu différent du leur, car on sait, ou plutôt certains savent, comment Socrate a subi cette mort. Platon nous a raconté, peu après l'événement, avec quelle douceur, quelle sérénité et quel espoir dans une autre vie, Socrate avait accepté de boire la ciguë. Il aurait pu partir, il a voulu rester pour obéir aux lois de la Cité ; et on le voit parmi ses disciples, les consolant, les rassurant et leur parlant de l'immortalité de l'âme. Et voilà que je les retrouve toutes, les vertus dont je parlais tout à l'heure : la sérénité du sage est là, le courage est là aussi, et la pureté anime manifestement ce sacrifice d'apparence si aisé ; mais c'est aussi le sens civique qui prédomine ici puisque Socrate explique que s'il reste, c'est pour se montrer jusqu'au bout fidèle aux lois de la Cité : celles-ci l'ont élevé, l'ont nourri, lui ont permis de vivre ; par conséquent, sa vie leur appartient, et il doit tout leur sacrifier. Je ne prétends certes pas que tous les enfants auront lu ce dialogue, ni qu'ils auront même entendu parler de la mort de Socrate : quelques-uns peut-être auront rencontré telle évocation ou telle autre dans un texte ancien ou moderne ou dans un cours de philosophie. Je voudrais seulement montrer à propos de cet exemple comment les grands textes n'expriment pas seulement une valeur déterminée et ne donnent pas seulement une expression saisissante à une vertu unique : toutes les aspirations qui peuvent nous émouvoir s'y rencontrent, s'y côtoient et s'y confondent.

Pour certains, bien entendu, ce texte les aura frappés et restera un souvenir présent, possible à convoquer à la moindre occasion. Pour d'autres, il sera oublié mais il subsistera une vague notion qu'il y avait là quelque chose de beau et qu'on pourrait y aller voir. Et les deux peuvent se combiner. Nous en avons la preuve si nous considérons non pas toute l'histoire des émotions qu'a suscitées chez des hommes divers ce récit de la mort de Socrate, mais si, passant tout de suite à cette époque moderne si différente, nous nous rappelons seulement que pendant la dernière guerre un écrivain américain, John Steinbeck, a voulu présenter le cas d'un Norvégien que les circonstances de la guerre obligeaient à subir, au matin, la mort. Et, qu'a-t-il inventé ? Que cet homme allait rechercher le dialogue qui traite de la mort de Socrate, et que toute la nuit il s'en pénétrait et qu'il y trouvait de la force, du courage et une sorte de paix intérieure en attendant son sort. Ce livre s'appelait, selon les cas je crois, *Nuit noire* ou *Nuit sans lune*. J'ai aujourd'hui oublié si ce Norvégien se rappelait vaguement le texte ou s'il allait le rechercher, ni dans quelles circonstances il le retrouvait. Je n'irai pas, avec mes yeux aveugles, le vérifier : peu importe ! Qu'il se soit agi pour cet homme d'un souvenir d'abord vague ou bien précis, cela revient au même : de toute façon, une communication s'établit entre ce qui est à moitié oublié ou totalement présent. Entre les deux on retrouve toujours dialogue et collaboration. En tout cas, l'œuvre littéraire de Steinbeck nous montre comment l'œuvre littéraire de Platon et comment l'exemple historique de Socrate peuvent modifier, stimuler et raffermir notre sens des valeurs et la qualité de notre conduite. Au passage je remarque qu'après les exemples des textes et de l'histoire, nous sommes maintenant dans la philosophie, car c'est probablement en classe de philosophie que l'élève aura entendu parler de Socrate. Tout converge donc pour apporter aux jeunes cet élément de formation morale et affective qui peut se faire doucement et à pas de voleur, ou bien s'établir par moments dans un rayonnement soudain : cet élément existe toujours et nous avons la possibilité de le faire germer et fructifier. Il faut seulement le vouloir.

L'idée de l'importance de l'enseignement pour la formation de l'individu est une idée ancienne. Mais il importe de préciser le sens que nous lui donnons ici.

Déjà dans l'Antiquité, un texte de Platon met en garde contre la confusion entre l'achat d'une nourriture et l'acquisition d'une connaissance. Il montre que l'acquisition d'une connaissance vous transforme en bien ou en mal et que, si on l'a absorbée sans se renseigner auprès des connaisseurs et sans se méfier, on n'y peut plus rien ; le bien ou le mal alors sont faits. Cette analyse est parfaitement juste ; mais elle ne retient qu'une simple influence immédiate. Nous avons voulu montrer, par ce livre, l'importance que prennent dans notre vie des souvenirs que nous croyons avoir totalement oubliés et dont il reste une trace en nous, un appel, un élan, quelque chose qui peu à peu nous construit. Nous n'avons pas considéré ici d'influence directe. Nous avons seulement voulu retenir ce que chaque élève un jour, au hasard, par chance, aura reçu et qui peu à peu se sera assimilé, entrant en lui, pour y demeurer sous une forme ou sous une autre.

La leçon pratique n'est pas négligeable et l'enseignement devrait bien en tenir compte. Mais déjà la découverte de ces faits a de quoi émerveiller.

Tout au long de ce livre nous avons parlé de cette vie secrète des souvenirs oubliés, de leur présence vivante, que l'on puisse ou non se les remémorer; nous avons parlé de tout ce qu'ils apportent au jugement, à la connaissance, mais aussi en fin de compte à notre conduite; nous avons parlé des chemins qu'ils ouvrent et des voies qu'ils tracent en nous, y semant des sentiments qui seront désormais les nôtres. Cette vie cachée, méconnue par la plupart, difficile à traquer, et presque impossible à décrire, nous a, à diverses reprises, invités à comparer ce que nous décrivions avec les découvertes de la psychanalyse. Mais on voit qu'en réalité il s'agit de deux orientations contraires. La psychanalyse s'est attachée, à l'origine, à rechercher des souvenirs qui nous avaient blessés, des traces de maux, de paroles ou d'actes offensants, condamnables, des impressions cruelles, des tentations inavouées. Tout cela, que nous avions voulu cacher au fond de nous-mêmes, devait être découvert et amené au jour pour remédier aux troubles qui en résultaient. Nous découvrons au contraire ici que tous ces souvenirs oubliés, même les petits souvenirs scolaires, vivent en nous, remuent, se modifient, et nous modifient constamment. Mais alors que la psychanalyse s'attache dans ces souvenirs cachés à découvrir ce que j'appellerais, pour simplifier, le mal, nous découvrons aujourd'hui la merveille que peuvent constituer ces souvenirs oubliés. Ils nous ont en réalité formés, façonnés; ils nous ont appris toutes les aspirations qui peuvent nous permettre d'être plus hommes et plus dignes de nous-mêmes. Et ces souvenirs, nous n'avons pas cherché à les faire remonter au jour pour les détruire; peut-être même n'avons-nous pas cherché du tout à les faire remonter au jour : il suffit qu'ils soient là; il suffit qu'ils soient passés en nous. Ils sont comme les différents éléments qui circulent dans la terre et nourrissent les plantes. Il n'y a pas à y toucher. Il suffit de reconnaître leur existence, peut-être, pour orienter notre politique d'éducation; il suffit, surtout, de profiter de ce trésor, sans doute propre à l'homme.

Reconnaître à chaque pas l'existence de ce trésor, c'est un peu pratiquer comme une psychanalyse du bien.

CONCLUSION

UN BIEN ÉTRANGE TRÉSOR

J'avais d'abord prévu de donner comme conclusion à ce petit livre des remarques d'ordre pratique relatives à l'enseignement. Je comptais m'adresser, séparément, aux professeurs et aux parents, afin de dégager les principes de la conduite à tenir par les uns et les autres en fonction de ce que révélaient mes analyses. J'ai renoncé à ce projet, parce qu'il me semble superflu d'insister sur des idées, qui, si l'on m'a bien comprise, s'imposent d'elles-mêmes. Je préfère, sur ce point, faire confiance aux intéressés.

Encore faut-il qu'aucun malentendu n'intervienne sur ce que j'ai tenté ici de montrer.

Le titre donné à ce livre, *Le Trésor des savoirs oubliés*, m'avait plu dès l'origine : il suggérait bien la richesse de ce que j'essayais d'évoquer. Mais ce titre peut aussi être trompeur; aussi voudrais-je revenir brièvement sur le sens qu'il faut lui donner.

1. La trahison des métaphores

Le mot « trésor » a, en effet, un inconvénient. Il suggère des biens matériels entassés une fois pour toutes dans une retraite d'où ils ne bougeraient pas et dont nous aurions, nous seuls, la clef ; là, ils attendraient, sagement, notre intervention. Mais il n'en va pas ainsi des savoirs oubliés, c'est-à-dire de ces connaissances qui subsistent en nous et peuvent faire sentir leur influence sans être vraiment disponibles : ils ne sont pas, comme les objets rangés dans un trésor, immobiles et inanimés. Ils sont même on ne peut plus vivants. On a rencontré au cours de l'exposé des cas où ils semblent se presser et se bousculer pour tenter de remonter jusqu'à la conscience ; on a rencontré des intrus qui se mettaient en travers et prétendaient avoir droit à la remémoration ; on a rencontré des liens divers qui expliquaient des surgissements inattendus, ou au moins des lueurs inespérées. Tout cela n'était pas à notre initiative ; tout cela nous surprenait. Le trésor des savoirs oubliés n'est donc point fait de choses mortes. Pour en donner une idée plus exacte, il faudrait plutôt imaginer une caverne dont on entrouvrirait la porte et où l'on verrait passer en tous sens des vols confus de multiples chauves-souris ; on distinguerait les unes encore endormies en grappes dans les coins, comme si elles n'étaient pas vivantes, et d'autres voletant en désordre, comme effrayées, et cherchant à sortir ; elles passeraient et repasseraient avec des petits cris, dont le sens nous échapperait mais ne leur échapperait sans doute pas. Il faut imaginer aussi comme des coups de lumière rapides au sein de cette caverne, n'allant pas jusqu'au fond, mais faisant apparaître quantité de mouvements secrets et comme un froissement d'ailes ininterrompu. Je sais bien qu'une telle métaphore plaira moins que celle du trésor : on est tenté par les pièces d'or plus que par la rencontre des chauves-souris. En outre, il faut imaginer une caverne sans fond, presque infinie ; autrement, nous limitons à nouveau les ressources de ces souvenirs oubliés.

En cherchant mieux, je pourrais trouver d'autres animaux et offrir la comparaison avec une fourmilière que soudain nous dérangeons, et où se découvre le mouvement multiple, agité, frénétique, de toutes les petites fourmis. Elles courent partout, les unes s'empressant à sauver les œufs, les autres semblant chercher une solution de remplacement, certaines cherchant sans doute à protéger ceci ou cela, nous ne savons quoi, le tout dans un mouvement extraordinairement rapide et complexe ; encore ne voyons-nous que le haut de la fourmilière. Oui, j'aurais pu offrir cet exemple. Mais peut-être les fourmis ne sont-elles pas beaucoup plus séduisantes que les chauves-souris ; et leur mouvement est beaucoup plus organisé, systématique et commandé que ne l'est le mouvement spontané en nous des souvenirs oubliés. Ce mouvement-là, nous ne savons nullement par quoi il est commandé ; aucun intérêt général ne semble y présider. Et une pleine autonomie paraît appartenir à chacun des éléments.

Aucune de ces deux comparaisons ne donne donc satisfaction ; du moins corrigent-elles cette métaphore du trésor en ce qu'elles évoquent toutes deux des réalités vivantes.

Mais est-ce bien tout ? Aucune de ces images ne suggère, en effet, ce qui à nos yeux est le principal — à savoir que ces connaissances oubliées entrent en nous, nous pénètrent, nous modifient ; et en cela elles feraient plutôt penser aux nourritures ou aux médicaments que nous absorbons et qui s'assimilent à notre substance même. Et souvent il suffit d'une toute petite dose, d'une intervention ou d'une acquisition que nous remarquons à peine ; ainsi, l'on nous fait une toute petite piqûre ; peut-être est-ce du calcium, ou une vitamine, un antibiotique, un remontant : désormais, ce que l'on nous a injecté est devenu partie de nous-mêmes ; nous ne le reconnaissons pas, mais nous sommes désormais modifiés.

C'est, en effet, cela qui constitue le propre de ces savoirs oubliés. Les expériences sur lesquelles nous nous sommes appuyés en évoquant la recherche d'un nom propre que nous sommes sûrs de posséder et ne pouvons pas retrouver, ou bien la recherche d'une connaissance historique qui reste vague, incomplète, peut-être inexacte, mais non pas tout à fait absente — ces exercices et ces exemples ne sauraient surprendre personne : ils font partie de l'expérience courante. Mais l'aide que nous apportent ces savoirs oubliés, en nous permettant de situer plus ou moins précisément chaque connaissance nouvelle, de mettre autour de ce que nous savons un halo imprécis mais utile, constitué par ce que nous avons su, et de reconnaître dans les découvertes nouvelles des aspects familiers et compréhensibles, c'est là le plus important de notre enquête, et aussi le plus utile pour qui veut faire de l'enseignement une véritable formation.

La comparaison des médicaments peut le suggérer ; mais elle a quelque chose de mécanique et, en même temps, de volontaire et de contrôlé, qui ne rend pas tout à fait compte des mouvements intérieurs si subtils qui se font en nous. La petite dose de calcium qui a pénétré en nous est comme le souvenir : elle s'est assimilée à nous, fondue en nous, et nous ne savons plus la reconnaître ni la distinguer ; mais il y a cette différence qu'elle n'a pas l'autonomie et l'initiative que nous avons vues s'attacher à nos savoirs oubliés. Aucune des métaphores ou des comparaisons ne traduit donc vraiment toute la richesse de ce monde intérieur.

Les métaphores nous trahissent donc. Très bien ! Abandonnons-les... Elles auront du moins servi à nous faire mieux saisir, de proche en proche, l'originalité de cette étrange réserve de souvenirs plus ou moins oubliés, qui vivent en nous.

Ai-je vraiment dit « abandonnons-les » ? Je devrais les abandonner et pourtant une envie me prend d'en ajouter encore d'autres. L'envie me prend d'évoquer les galaxies, le nombre infini d'étoiles et de fragments divers qui bougent et remuent, qui se rencontrent, qui éclatent, et dont certains éléments traversent tout, tout à coup, avec une autonomie qui nous surprend... Pour cette fois, l'image est noble. Elle est peut-être trop noble. Car, à la réflexion, je crains un peu de vouloir faire l'apologie des souvenirs oubliés, c'est-à-dire de l'oubli. Pourtant mon métier de professeur et l'expérience même de la vie m'apprennent plutôt à apprécier les souvenirs conservés et la valeur de la mémoire ; car ces souvenirs-là, eux du moins, sont d'une utilité absolument incontestable.

C'est précisément un des points sur lesquels je voudrais ici ajouter encore un mot d'explication.

2. Entre la mémoire et l'oubli

Je ne suis pas favorable à l'oubli, c'est évident — et surtout pas à l'oubli des connaissances scolaires. Mais il faut reconnaître que l'oubli tient dans nos vies une place inévitable et que je n'hésiterai pas à qualifier de salutaire. Peut-on imaginer l'esprit de quelqu'un qui garderait présent et disponible le souvenir de tout ce qu'il a appris et entendu dans la vie et en classe, dans les rencontres, dans les voyages, dans les lectures, et cela avec une chronologie de tout ce qui lui est arrivé dans sa vie privée, ainsi que de tous les événements de l'histoire politique et de tout ce qu'il a appris sur l'histoire des autres pays ? Cela n'est pas pensable ; et il ne lui serait pas possible de vivre dans ces conditions. Il faut un tri et une libération de l'esprit. L'idéal est évidemment que restent présents dans la conscience les souvenirs les plus utilisables et les plus importants.

Je sais bien qu'il y a des gens doués d'une mémoire fabuleuse, qui peuvent réciter des tragédies et des poèmes, et cela après des années.

Mais ceux-là ont dû oublier les connaissances scientifiques, les souvenirs de leurs vacances, les propos entendus — bref, tout le reste. L'oubli est nécessaire, mais son champ d'action varie selon les individus.

Depuis toujours, les penseurs se sont préoccupés d'exercer la mémoire et d'élargir ses possibilités. Ils ont défini, à des moments divers de l'histoire, le genre d'entraînement souhaitable ainsi que des moyens mnémotechniques. Ils avaient conscience, en effet, du fait que les souvenirs sont l'élément principal qui nourrit notre pensée et, par suite, notre action. Il ne s'agit pas ici d'aller à l'encontre ni de cet effort, ni de ces recherches. Quand je fais un cours comme professeur, je souhaite vivement que les élèves se souviennent de ce que je leur ai dit; et, même dans ma vie personnelle, si l'on garde en mémoire les propos que j'ai tenus, je m'en félicite; je l'avoue sans honte. Et maintenant que, l'âge venu, la mémoire commence à me faire défaut, je souhaite vraiment de tout mon cœur pouvoir la conserver aussi bonne que possible et, pour cela, l'entraîner, l'exercer, la soigner.

Il y a donc, d'une part, la nécessité de l'oubli; mais il y a, en face, la valeur merveilleuse du souvenir. Ces deux principes semblent se contredire; pourtant, la nature, elle, se trouve apparemment avoir tout concilié; et c'est ici qu'intervient la distinction que nous avons faite entre les souvenirs disponibles ou indisponibles, présents ou bien oubliés. C'est ici surtout qu'intervient une idée qui n'a été que suggérée ici ou là dans le livre et sur laquelle je voudrais pour finir revenir — à savoir l'échange permanent qui s'opère entre ces deux catégories de souvenirs, permettant à l'oubli d'assurer son rôle d'élagueur et à la mémoire de pouvoir recourir, non seulement à la première catégorie de souvenirs, mais aussi, de façon au moins indirecte, à la seconde.

Entre les savoirs disponibles et indisponibles, il se fait, en effet, un perpétuel échange de bons offices.

J'apprends en classe, ou par hasard, ou dans une lecture, le nom, les dates, les activités d'un roi : de toute façon, j'oublierai ces renseignements. Mais il y a une différence. S'il s'agit d'un roi de quelque contrée orientale et mal connue en France, je les oublierai complètement : le souvenir tombera tout au fond, perdu à jamais. Si, au contraire, il s'agit d'un roi de quelque pays européen, pour lequel je possède des repères, alors j'oublierai peut-être les détails, les noms propres, la date exacte, mais une sorte de case, proche de mes repères, se noircira, se remplira, recevra une marque : le souvenir ne sera qu'en partie aboli. D'autre part, si je veux, à un moment quelconque, retrouver le souvenir de ce roi, il est évident que, dans le premier cas, ce sera impossible. Aucun espoir ! À quoi se raccrocherait ce souvenir ? Comment reviendrait-il ? À moins de miracle, il est à jamais perdu. En revanche, s'il figure dans l'entourage tout proche d'un souvenir précis et disponible, je retrouverai, en même temps que ce souvenir disponible, une petite ombre légère, un début de connaissance, qui fera que je ne pourrai pas, à ce sujet, ni être totalement surprise, ni accepter n'importe quelle affirmation. Si, à ce moment-là, on me le rappelle d'un mot, je le reconnaîtrai aussitôt. Peut-être ce roi et ses activités hanteront-ils un peu mon esprit quand j'évoquerai cette période : même de façon imprécise, ils seront là. Qu'il s'agisse de se graver dans notre esprit ou bien de revenir après coup à notre conscience, l'aide apportée par les souvenirs conservés à ceux que nous croyons oubliés est donc décisive.

Mais comment peut-on parler de services réciproques ? Comment des souvenirs oubliés pourraient-ils à leur tour aider des souvenirs présents et disponibles ? Ainsi présentée, la question paraît saugrenue, et même absurde. Mais attention ! Ces souvenirs disponibles ne l'ont pas toujours été ; et ces connaissances ne datent pas de toujours. Peut-être au moment où nous les avons acquises y avait-il déjà toute une petite constellation d'impressions vagues formant un ensemble, s'orientant vers une idée générale et préparant comme un socle à cette connaissance nouvelle, le jour où elle nous est présentée avec un bel exemple, bien clair, et dans des conditions propres à mieux mobiliser notre attention. Dans ce cas, le halo précède la figure nette qui restera, mais il aide à l'instaurer. Tous les moyens mnémotechniques ne reposent-ils pas, plus ou moins, sur un processus de ce genre ? On craint d'oublier la différence entre Darius et Xerxès et l'ordre de ces deux rois : on les oublie en effet. Mais on a recours à un souvenir d'une petite règle que l'on s'est donnée à soi-même : l'ordre alphabétique doit correspondre à l'ordre chronologique ; celui dont le nom commence par la lettre X est donc postérieur à l'autre ! Voilà un détour bien étrange et un petit souvenir gratuit qui aide à faire cette fois revenir à la conscience le vrai souvenir.

Cela peut être aussi une simple affaire de nombre. Ainsi nous retiendrons plus aisément le nom des « légumineuses », si nous avons rencontré, en dehors des deux ou trois plantes familières, des plantes plus rares, dont nous avons naturellement oublié le nom, mais qui, à chaque fois, ont frappé la touche « légumineuse » et lui ont donné sa force et sa stabilité. En même temps ces expériences réitérées, et oubliées, ont créé autour du mot la notion qu'il s'agissait là d'une famille assez nombreuse et bien représentée dans nos régions — bref, un début de connaissance fondée sur des précisions oubliées.

Je ne voudrais pas abuser des métaphores trompeuses, surtout après ce que je viens d'en dire ; mais il est possible de s'imaginer, au moins provisoirement, une sorte de grand échiquier dans notre esprit, où l'on lancerait les connaissances vers les cases qui sont celles de la mémoire. Certaines connaissances manqueraient le but, tomberaient au fond, seraient complètement oubliées ; d'autres se ficheraient solidement à leur place, toutes prêtes à y rester ; et d'autres enfin, très nombreuses, iraient se placer tant bien que mal, gauchement raccrochées aux précédentes, instables, faisant masse autour de celles qui tiennent ; et elles forment des groupes plus ou moins épais avec des prolongements plus ou moins lointains, que nous ne pouvons pas percevoir. On peut imaginer, si toutes les cases étaient remplies, les mouvements qui s'établiraient entre toutes ces connaissances diverses, solides ou non, présentes à la conscience ou non, mais toujours prêtes à s'agglomérer pour aider au maintien de l'ensemble. J'allais dire : pour agir au mieux.

Et, après tout, exercer sa mémoire n'est peut-être pas aussi mécanique que l'on s'imagine à première vue. Il s'agit toujours de trouver des repères, d'établir des rapports, de situer toute nouvelle connaissance par rapport à celles que l'on possède déjà, et de faire un tri, opposant celles qui sont vraiment primordiales, et devront rester toujours sous la main, aux autres, qui ne répondront à l'appel que d'une voix faible, et quand elles le pourront. Nous sommes un peu maîtres de ce que gardera notre mémoire.

Pour l'aide qu'elle nous donne, nous pouvons bien un peu lui faciliter la tâche !

3. Laisser faire, laisser passer

Je parle d'organisation et de classement, d'apprentissage et d'effort. À mon âge, je n'écrirai plus beaucoup de livres, mais je puis du moins profiter des trésors de la mémoire, et me laisser guider par elle, à l'aventure. Il m'arrive, depuis que je n'y vois plus, de rester de longs moments immobile, à laisser remonter en moi des souvenirs de toute espèce. Les uns sont personnels, souvenirs de voyages, d'amitiés, de rencontres. D'autres viennent de lectures et parfois je ne sais plus très bien faire le départ entre les gens que j'ai rencontrés dans la vie et ceux que j'ai rencontrés dans les romans. Cela multiplie le nombre des présences qui me font signe. Et, quelle que soit la nature de ces retrouvailles, elles me paraissent douces et émouvantes. Ce sont aussi, à l'occasion, des souvenirs acquis, des faits historiques qui tout à coup me reviennent sans que je sache pourquoi, parfois sous forme de petites rengaines, lointaines et amicales, parfois sous la forme d'images fugitives mais resplendissantes. Il peut y avoir des souvenirs de peintures, ou de représentations dramatiques, tout ce qui m'a un jour traversée et étonnée. Dans ces moments de loisir, et au terme d'une vie, on se rend très bien compte que ces souvenirs nous reviennent d'eux-mêmes, du fond de l'oubli. Peut-être nous reviennent-ils faussés, modifiés par l'imagination, et dans un grand désordre. Mais ce désordre même possède un charme particulier — comme si le temps soudain cessait de séparer les choses en catégories distinctes et vous les donnait, pour une fois, toutes ensemble. Cela s'appelle sans doute rêver. Mais il ne me déplaît pas qu'après toutes ces petites enquêtes reflétant ma vie professionnelle, avec ce désir qui fut le mien de communiquer des connaissances, de les rendre précises, de les rendre suggestives et d'aider les autres à gagner cette clarté d'esprit qui m'a toujours paru si précieuse, je rencontre enfin, au terme du voyage, la rêverie. La rêverie n'est pas de mise en classe, chacun le sait. Mais lorsque vient le temps de la retraite, on s'aperçoit que ce n'est pas là le moindre des bienfaits que laissent en nous, toujours vivants et parfois ressuscités, les souvenirs oubliés de ce qui fut notre vie.

Cette douceur est donc comme un service de plus que nous rend le trésor des savoirs oubliés.

APPENDICE 1

L'ENTRAÎNEMENT DE L'ESPRIT, OU LA BICYCLETTE SUR PLACE

La nature formatrice de certains exercices scolaires peut n'être pas directement liée au rôle des souvenirs oubliés. Elle est cependant essentielle. C'est pourquoi on l'a retenue ici, mais détachée sous forme d'appendice.

En fait, il s'agit non pas de traces laissées dans la mémoire, mais de chemins qui s'ouvrent dans l'esprit, de facultés, de capacités qui se développent et d'aptitudes qui peu à peu se créent. Déjà là, on constate l'existence de deux niveaux différents : la connaissance, d'une part, et la modification qu'elle apporte en nous et qui peut être fort importante.

Il est étrange de penser que l'on se rend si mal compte de la valeur attachée aux exercices de l'esprit, alors que s'il s'agit du corps et de la force physique, on n'hésite pas à multiplier les exercices apparemment inutiles, dont on sait cependant qu'ils fortifieront les muscles, la respiration, le cœur, etc. On voit des adultes courir, en sautillant indéfiniment : cela s'appelle « le jogging » ; on voit des boxeurs frapper un ballon monté sur une tige élastique, qui revient et qu'ils doivent indéfiniment frapper à nouveau ; on voit des gens faire des exercices à l'espalier, à la barre fixe, sans aucune justification de plaisir ou d'utilité. Parmi ces exercices, il en est d'agréables et de manifestement distrayants ; mais, si j'ai donné en titre à cette analyse les mots « la bicyclette sur place », c'est que je pensais à ces machines, qui s'appellent également vélos d'appartement, auxquelles on a recours pour rétablir la circulation ou une faiblesse quelconque du corps ; en pratiquant cet exercice un peu comique dans son principe, qui consiste — dans son appartement, chez soi — à pédaler énergiquement, sans qu'il soit question d'avancer d'un pouce. Personne ne dit : « Mais tu n'avances pas ! » — on le sait — mais on sait également que, de cette façon, les muscles se fortifient, que la respiration s'exerce, que toutes les ressources qui ont été provisoirement frappées de faiblesse vont se trouver encouragées, renforcées.

Je ne crois pas que l'enseignement soit de la bicyclette sur place ; je crois qu'à tout moment il fait avancer et progresser, mais j'ai choisi ce titre parce qu'il rappelle qu'indépendamment de toute utilité directe, l'entraînement même, qui accompagne l'exercice, joue un rôle considérable. On ne peut pas vivre ni progresser sans y avoir recours.

Et dans l'ordre de l'esprit, même si cela ne se voit pas, comment le nier ? Toutes les facultés sont de pures virtualités chez l'enfant, et elles ne cessent de progresser, si elles sont bien entraînées, tout au long des études et encore après, par l'exercice et l'obstination. On pourrait les prendre, les unes après les autres, ces facultés de l'esprit, dont dépend toute notre vie pratique, intellectuelle, morale, dont dépendent toutes nos possibilités, et montrer que les exercices les plus modestes, qui se pratiquent en classe, ont pour effet de les raffermir et de leur donner du corps.

Je commencerai, peut-être, par une aptitude qui est un peu la condition de tout le reste : c'est l'attention.

On sait combien elle est limitée chez les jeunes enfants. Quand ils arrivent à l'âge scolaire, il est difficile de les faire tenir tranquilles un certain temps, difficile de fixer leur esprit sur quelque chose de façon suivie. Il faut changer d'exercice, les distraire, les mettre au repos ; et c'est bien là un des obstacles que l'on rencontre pour les instruire. Mais cet obstacle dépasse de beaucoup le domaine de l'instruction. Toute la vie ils auront besoin de cette attention : pour comprendre ce qu'on leur demande de faire, pour se garder des périls, pour porter des jugements appropriés, pour éviter les maladresses, les accidents, ils auront besoin de toutes les formes d'attention, et à tous les moments de leur existence.

D'ailleurs, c'est un fait bien connu : les parents ne cessent pas de recommander à leurs enfants : « Attention ! tu vas te faire mal ! » « Attention ! ne traverse pas ! regarde mieux ! » « Attention ! cela va tomber ! » Toutes ces recommandations confirment que là est le secret de toute la vie qui suit. Et d'ailleurs, on apprend l'attention tout au long de l'existence : dans les jeux, dans le travail, dans les discussions familiales, même dans les techniques ; voire dans le simple maniement d'un ordinateur qui peut, lui aussi, enseigner l'attention. Mais le genre d'attention qui s'exerce en classe est un peu différent. D'abord, il s'agit d'une vraie attention de l'esprit, qui ne se contente pas d'observer des règles connues. De plus, elle met en jeu des éléments complexes et, par conséquent, entraîne à les relier de façon rationnelle. Si on ne le fait pas, le résultat n'est pas tel petit accident, brûlure ou coupure, mais un accident d'ordre intellectuel qui est l'erreur. Et l'erreur commise permet, à son tour, de repérer, à chaque fois, les défaillances qui ont pu intervenir, de façon, désormais, à les éviter. De proche en proche, d'exercice en exercice, tout ce que l'on fait en classe est apprentissage de l'attention et, par là, de la pensée.

Cela est particulièrement sensible dans certaines disciplines pour lesquelles l'erreur se manifeste de façon claire et indiscutable. Par exemple, l'arithmétique pour les sciences, le latin pour les lettres.

Je ne sais trop comment se présentent les problèmes arithmétiques à l'heure actuelle, mais, pendant des années, nous avons entendu parler de ces problèmes où des trains partaient de points différents et devaient se croiser, alors que leur vitesse était, elle aussi, différente et qu'il y avait des arrêts, etc. Ou bien nous avons entendu parler de ces problèmes de plomberie, où des robinets d'eau froide et d'eau chaude coulaient à des vitesses différentes, l'eau se mélangeant dans telles ou telles conditions. Sans parler de je ne sais plus quels animaux, qui montaient le long d'un puits, reglissaient dans la nuit et donc il fallait calculer quand ils s'en sortiraient. Peu importe la présentation, mais il est clair que, lorsque l'on se trompait, c'est parce que l'on avait négligé une des données du problème : on avait oublié qu'il y avait un ralentissement, ou que la vitesse était différente, ou tel ou tel petit fait, qui faussait tout le calcul. Ou bien alors on avait oublié le principe même de l'opération à faire : si c'étaient des degrés, des kilomètres, on se trompait, on n'avait pas remarqué où se plaçait la virgule. D'où un résultat faux, et l'on pouvait comprendre pourquoi il était faux.

De même pour la plus simple des petites phrases latines. Je prends presque au hasard ce début de la première *Églogue* de Virgile, où l'on parle d'un berger « étendu sous un hêtre à la vaste ramure » : « *patulae recubans sub tegmine fagi* ». Rien de bien remarquable dans cette phrase, mais ce *patulae* jeté en tête, séparé du mot avec lequel il va, où le caser, comment faire pour qu'il rejoigne le substantif avec lequel il doit aller ? « Ah, oui, il y a bien *fagi* ! mais *fagi* a l'air d'un masculin, *patulae* a l'air d'un féminin. » Il faut alors vérifier... Du coup, on découvre que les noms d'arbres en latin ont une forme masculine, mais sont féminins. Au passage, un petit coup de surprise, un tout petit rêve. Je ne peux pas me retenir de dire que peut-être cela va un peu plus loin. Peut-être que l'élève, à ce moment-là, éprouve un instant d'envie pour cet homme étendu sous ce hêtre, en plein été, dans la fraîcheur et que, peut-être, très vaguement, très lointainement, il se rend compte qu'il y a des émotions, des plaisirs, des sentiments, qui se retrouvent entre les hommes, à travers les siècles et à travers les pays. Je ne devrais pas le dire ici, je parle de l'exercice de l'attention, mais comment se retenir, quand, à chaque instant, la pensée, les réactions commencent à fuser.

En tout cas, il est clair que c'est par inattention à telle fin de mot, à telle forme, à tel accord, que la phrase latine peut n'être pas comprise. Je me rappelle avoir cité souvent l'erreur commise par des étudiants très avancés, qui disaient qu'Agamemnon avait sacrifié sa fille « très stupide ». Pour Iphigénie, après tous les malheurs qui furent les siens, elle n'avait pas besoin de cela. Ces étudiants n'avaient pas remarqué que la forme représentait ici un adverbe, et qu'Agamemnon avait simplement sacrifié sa fille « très stupidement » : une nuance!

De plus, dans les deux cas, pour ces problèmes arithmétiques, ou pour ces problèmes d'une phrase latine, l'attention sert à un niveau plus élevé aussi, car elle permet de contrôler, de ne pas écrire bêtement n'importe quoi. Si les deux trains, qui partent de villes différentes en France, doivent se rencontrer, ou se croiser au bout de huit jours, il y a là un pessimisme à l'égard de la S.N.C.F., qui devrait alerter un candidat capable de faire attention au sens lui-même. Et ce candidat, traduisant du latin, devrait s'étonner de la très stupide Iphigénie ; ou bien, si l'on me permet de rappeler un souvenir personnel, je puis en citer un dont j'ai déjà parlé, mais dont j'ai encore le sentiment très vif : la première phrase latine que j'ai traduite comme petite fille m'a remplie de fierté et j'ai été aussitôt la montrer à ma mère. Cette phrase disait d'après moi : « Vulcain avait un fantassin boiteux. » Ma mère, qui n'avait jamais fait de latin, me dit : « Tu t'es sûrement trompée quelque part. » Cette remarque me choqua ; comment pouvait-elle le savoir ? Eh bien, d'abord — supériorité sur moi — elle savait qui était Vulcain, mais, de toute façon, elle devait voir que c'était une remarque vraiment oiseuse, pour qui que ce soit, de signaler la présence d'un fantassin boiteux. Le fait est que, faute d'attention, j'avais confondu *pedem* et *peditem* : le pied et le fantassin. L'esprit critique en éveil aide donc, lui aussi, dans ces exercices scolaires et, à son tour, il se développe, en s'exerçant au contact de leur pratique.

Sans doute est-ce la raison pour laquelle ces problèmes ou ces traductions, en apparence éloignés de l'expérience quotidienne, et peu rattachés au souci du moment, ont un prix particulier. Là, il n'est pas question de deviner, d'aller vite, de se contenter d'à peu près : l'attention doit être mobilisée, pour se développer et développer ensuite la pensée.

Et je n'ai pas parlé de la mémoire. Mais il est clair que, dans les exercices cités, elle joue un rôle considérable. Il faut se rappeler la table de multiplication dans un cas, les additions, les signes conventionnels de l'arithmétique ; il faut se rappeler, dans un autre, les déclinaisons, les accords, les conditions générales de la syntaxe, et il peut être utile de se rappeler aussi les emplois de certains mots, ou les données de la réalité. La mémoire sert à chaque pas de ces petits raisonnements ; et, parce qu'elle sert, elle se développe.

De même, toute leçon apprise et toute information recueillie développeront cette mémoire. Or, à quel moment de la vie se passe-t-on jamais de la mémoire ? Elle sera nécessaire pour tout : dans le métier, dans la pratique des machines, dans les consignes, dans la vie de citoyen, dans les obligations diverses, elle sera présente à chaque instant. Or la mémoire est comme tout : il faut qu'elle soit pratiquée, entraînée, par des exercices, même ceux qui peuvent sembler un peu vains : ainsi seulement elle peut s'étendre et s'accroître. Voyez comme les acteurs peuvent apprendre toute une pièce par cœur, et comme un élève peinera pour apprendre trois ou quatre vers, sans se rendre compte du bénéfice qu'indirectement il en retire.

Mais à quoi bon s'attarder sur tous ces préliminaires si évidents. À la rencontre de l'attention et de la mémoire on a vu que la pensée s'ouvrait déjà une voie. À vrai dire, elle surgit partout.

La faculté de raisonner est intervenue déjà, et c'est elle qui conduit l'esprit de l'élève vers la rencontre des trains, ou le mélange de l'eau versée par les robinets, ou bien pour l'établissement d'un sens, là où s'étalaient des mots latins inconnus. C'est elle, cette faculté de raisonner, qui lui a permis de voir quel mot était le sujet, quel mot était le complément, pourquoi telle autre combinaison n'allait pas, et d'apprendre, par conséquent, à résoudre des problèmes de plus en plus compliqués, comme ceux que lui posera la vie. Mais, en dehors de ces petits raisonnements d'application, comment ne pas se rendre compte qu'il y a plus, beaucoup plus ? En calculant l'affaire des trains ou des robinets, que fait notre élève, sinon s'ouvrir à la pensée abstraite ? On peut aller sur le terrain, mesurer des distances, emprunter des horaires, demander à des chefs de gare. Lui, va découvrir que l'on peut, avec des chiffres et des opérations arithmétiques, arriver au résultat chez soi, par le calcul. Et cela se vérifie ! Les chiffres qu'il aligne sur la page correspondent à des réalités. Il a appris à passer d'un domaine à l'autre. Du coup, il découvre la valeur de l'expérience, qui vient confirmer un raisonnement. Mais il découvre aussi tout un monde auquel rien ne le préparait. Un monde dans lequel il n'y a plus un « rond », mais un « cercle » — notion abstraite. Un monde, dans lequel des opérations de l'esprit peuvent se poursuivre, sans passer par des mesures concrètes et pratiques. C'est là un glissement décisif.

Parmi les questions que je posais à des personnes de mon entourage, sur leurs souvenirs, et sur les réussites ou les échecs de leur mémoire, j'ai été amusée par le témoignage d'une jeune fille, qui se rappelait son émerveillement d'avoir réussi, sans savoir comment ni pourquoi, à fournir la réponse juste. Le professeur avait tracé un cercle au tableau, avait commencé à le couvrir de hachures et il a demandé à la classe : « Qu'est-ce que c'est que cela ? », en montrant la partie hachurée. C'était un dessin à la craie ; c'était des hachures blanches sur un fond noir, et l'élève en question était appuyée d'un bras sur son pupitre, et elle s'est entendue répondre dans une sorte d'inspiration : « C'est une surface. » La réponse était juste. Elle ne sait pas encore, maintenant, comment elle y était parvenue. Mais j'ai quelque idée sur la question. Je crois que celle-ci était préparée par la découverte progressive des notions géométriques et, peut-être même, avait-elle déjà, dans le livre, rencontré au hasard le mot. Mais le côté inconscient de sa réponse, la fierté qui en a résulté, montrent bien que c'était devenu pour son esprit une pente naturelle que de s'orienter ainsi vers des notions abstraites et théoriques, figurées, de façon quelque peu arbitraire, sur un tableau noir.

De même, avec le latin, l'élève n'acquiert pas seulement des connaissances pratiques, ou, à l'occasion, de brèves impressions poétiques (car, après tout, d'entendre parler du couvert de cet arbre à la vaste ramure, c'est un peu s'ouvrir aux merveilles de la littérature), mais bien souvent aussi, il découvre une autre forme d'abstraction. Je prends un exemple qui traîne partout dans les pages roses du Petit Larousse : « *Cedant arma togae* » : « Que les armes le cèdent à la toge. » Oui, il y a l'exercice : il faut que les jeunes s'aperçoivent que *cedant* est un subjonctif. Voyez l'attention, la mémoire ! Il faut qu'ils s'aperçoivent que *togae* est le complément de *cedant* ; il n'est pas à construire autrement. Voyez les déclinaisons, les calculs, les fausses solutions écartées, etc. Mais qu'est-ce que cela veut dire ? Il faudrait qu'ils sachent ce qu'est une toge. Alors on leur dit que cela représente symboliquement les magistrats reconnus dans un État. Ah! alors cela veut dire que la force le cède au droit, et on trouvera des textes où on parle de la force, du droit et, peu à peu, ces notions viendront remplacer les premières expériences concrètes, dans lesquelles ils vivaient jusqu'alors. Nier que ce soit une ouverture à la pensée est impossible.

Encore n'est-ce pas tout, car avec ces petites phrases qui se succèdent, avec d'autres textes un peu plus étoffés en français, en anglais, en allemand, en italien, l'élève verra défiler des opinions diverses ; et, quand il aura fait l'effort, là aussi, de serrer le sens de près — ce sens qui n'est pas toujours évident, quand il s'agit d'une langue, qui n'est pas tout à fait celle d'aujourd'hui — l'exercice apportera un nouvel enrichissement. En voyant ces solutions et ces affirmations diverses, il sera bien obligé de se demander : « Est-ce que je suis d'accord avec celui-ci, ou avec celui-là ? quels arguments ont-ils pour défendre cela, qui me paraît faux ? » Au cours de ces exercices, au contact des idées des autres, au contact des textes, au contact des doctrines, au contact des événements de l'histoire, il éprouvera, nécessairement, le besoin d'un jugement personnel.

Et voilà que, de proche en proche, je me laisse entraîner. Voilà que les exercices scolaires les plus simples, ceux qui sont destinés à un entraînement modeste, progressif, patient, révèlent, tout à coup, des richesses insoupçonnées. Nous étions partis de la bicyclette sur place : il y a longtemps qu'elle s'est mise en mouvement, cette bicyclette. C'était une fausse machine, car, dans le domaine de l'esprit, il n'est pas d'exercice dont la portée soit limitée au moment présent et à une fonction définie. Le moindre exercice met en jeu toutes les richesses de l'esprit. On peut partir de rien, et, peu à peu, tout commence. La bicyclette s'en va, emportée par l'élan. Elle va s'élancer dans les campagnes, dans les terres inconnues ; elle va se promener, parmi les merveilles ; ce n'était pas une bicyclette sur place, c'était un grand départ.

Et pourtant, c'est trop se hâter de lui laisser le champ libre. Chaque petit exercice nous entraîne un peu au-delà de lui-même, ouvre déjà des perspectives sur autre chose, et le phénomène est si beau, qu'on se laisse facilement prendre, et que l'on dévale trop vite la pente. Restons-en, encore un moment, à ce pur entraînement des diverses facultés. Et nous nous apercevrons qu'il en est une, dont l'importance est primordiale, et sur laquelle il convient de s'arrêter un peu plus longuement. C'est la faculté de s'exprimer. Je veux dire par là de s'exprimer avec précision, avec exactitude, et en suivant toutes les nuances d'une pensée elle-même rigoureuse.

Dans tous les exercices, quels qu'ils soient, qu'il s'agisse de petits problèmes scientifiques, de petites traductions des langues anciennes, de la description de la vie et du monde, une formulation exacte est nécessaire : le malentendu sur les mots est l'un des plus redoutables qui soient. Mais si cette faculté de s'exprimer est nécessaire partout, et peut accomplir quelque progrès, grâce à tous les exercices, il est clair que c'est l'enseignement du français, qui, là, mérite une place à part.

Cet enseignement — hélas — a subi bien des coups ! On a laissé entendre qu'il était tout à fait vain d'apprendre les conjugaisons et les règles d'accord, de respecter les formes verbales et que, même dans le langage scolaire, ces conventions n'étaient plus de mise. Après tout, à quoi correspondaient-elles ? Les langues évoluent et les linguistes ont eu leur mot à dire à ce sujet, si bien que l'enseignement grammatical proprement dit a, peu à peu, perdu du terrain, et que la langue parlée par les jeunes manque gravement de netteté.

Et pourtant, s'il est une chose qui soit utile dans toute la conduite de la vie, c'est bien de savoir s'exprimer avec clarté et précision. On en a besoin à chaque seconde ; on en a besoin pour trouver un emploi, on en a besoin pour réussir dans cet emploi ; on en a besoin pour défendre un projet, un plan, pour convaincre ; on en a besoin pour maintenir une bonne entente avec les autres, autour de soi, dans un métier ; on en a besoin pour communiquer, agir, pour entraîner l'adhésion des autres.

Une convention ? Je veux bien, mais l'observer permet cette clarté, ces nuances, cette précision, qui combinent, à la fois, l'efficacité pratique et l'accès à une pensée toujours plus affinée. Même l'orthographe contribue à la clarté. J'ai reçu tant de lettres où je n'arrivais pas à comprendre, d'après l'accord des adjectifs, si c'était un homme ou une femme qui écrivait. Quant à la syntaxe, il est trop évident que, dans bien des copies d'élèves, on voit confondues la conséquence et la concession, les « quoique » et les « puisque ». Comment demander qu'une pensée ait la moindre précision, quand il en est ainsi ? Enfin, le vocabulaire, comment gagnerait-il à être ainsi limité, atténué, estropié ? Comment gagnerait-il, quand on adopte des mots qu'aucune personne cultivée n'emploie de cette façon ? Des néologismes ? Ah ! comme nous accueillons volontiers les néologismes ! Mais croire que toute faute de langage est un néologisme constitue, de toute évidence, une absurdité. Il faut qu'une forme nouvelle s'impose, par quelque mérite, par une originalité, qu'elle soit accueillie, qu'elle entre dans le langage courant, pour mériter ce nom. Autrement, on n'a que des écarts, qui sont des maladresses, des signes d'ignorance, et surtout des entraves à une pensée précise.

Alors, ces exercices scolaires, ces rédactions, ces traductions, ces corrections d'exposés dans quelque matière que ce soit : tout cela aussi est exercice et formation. La recherche d'un mot juste, la recherche d'un tour plus court, plus correct, tout cela compte, et, en fait de bicyclette sur place, c'est là une formation importante entre toutes. Après tout, on peut citer Condillac, qui remarquait que la grammaire était « comme la première partie de l'art de penser ».

La linguistique est une science ; la grammaire suppose un exercice sur des règles, en partie conventionnelles, en partie héritées de l'histoire : il s'agit pour les enfants d'en apprendre le maniement plutôt que d'en comprendre la formation : en fait, c'est de leur application, que naît la possibilité de comprendre avec rigueur la pensée des autres, et d'exprimer la sienne propre, sans confusion possible — je dirais même de la découvrir soi-même, grâce à ces retouches successives, et de lui donner une force nouvelle.

Encore une fois, l'exercice entraîne à sa suite des découvertes et des progrès qui le dépassent, et peuvent mener très loin. De la modeste dictée, de la modeste analyse grammaticale, si l'on en fait encore, des modestes corrections dans un devoir, ou une rédaction, on passe, progressivement, à une pensée vivante et nuancée, de plus en plus personnelle, et de plus en plus libre. Mais il reste qu'en attendant, de toute façon, ces exemples auront développé, au passage, des richesses, des aptitudes, que l'enfant possédait seulement à titre virtuel, et dont l'entraînement pratiqué en classe lui aura donné, autant que possible, la maîtrise.

J'écris ces remarques avec le souvenir de classes heureuses et je sais comme ces exercices, même les plus vains et les plus modestes en apparence, avaient le don de faire naître chez les élèves que j'ai connus une sorte d'esprit de découverte, de progrès, de jeu aussi. Je sais comme était vivant ce dialogue où l'on cherchait ensemble le mot juste, ou la vraie construction, où l'on était amené à répéter aux élèves : « Attention à cette forme ! », « Rappelez-vous cette règle ! » ou bien : « Réfléchissez ! Est-ce possible d'admettre telle solution ? » ou bien : « Voyez ! Cette idée vous paraît-elle juste ? » Et à chaque réponse on corrigeait un peu, on améliorait, on invitait la classe à rectifier la formulation qui venait d'être donnée. « Est-ce bien le mot ? Qui dit mieux ? Voyons, un tel... » Le dialogue était vif, les regards aussi étaient vifs. Je voyais sous mes yeux se modifier ces jeunes esprits. Je sais, d'ailleurs, combien il était réconfortant de les voir changer, au cours de l'année, de voir les regards se faire plus acérés, l'attitude plus soutenue, la personnalité plus marquée. On avait employé le temps à de toutes petites choses, dans un monde un peu coupé du reste de la vie. Mais avec ces toutes petites choses, ils s'étaient faits, façonnés, enrichis pour toute l'existence et pour tous les domaines de l'existence.

Je sais bien que toutes les classes ne se déroulent pas dans ce crépitement heureux de la compétition et de la découverte. Je sais bien aussi que, même dans les classes heureuses, il y a toute une série de pauvres enfants qui suivent mal, qui sont en retard, qui ne savent pas fixer leur attention, qui ne comprennent pas les mots et qui n'osent pas le dire. Je le sais. Je le sais, et c'est inévitable. Je ne crois pas à la toute-puissance de l'enseignement. Déjà au quatrième siècle avant Jésus-Christ, Isocrate, qui était un professeur d'éloquence convaincu, reconnaissait qu'il y fallait des aptitudes et qu'il ne pouvait pas faire de tous des orateurs accomplis. Certes, la possibilité en surgit à l'horizon : non pas d'orateurs accomplis, mais d'hommes tenant honorablement leur place dans la société et dans leur vie propre. L'image s'en dessine à l'horizon ; mais il s'agit avant tout que chacun, avec ses forces, bénéficie de l'entraînement le plus grand possible, tire le bénéfice le plus net qui lui soit accessible, et sache un peu mieux penser, juger, parler : or ce résultat-là est, en tout cas, assuré.

On aura en général tout oublié : et les trains qui se croisent, et l'homme étendu sous son hêtre, et Vulcain avec son pied boiteux ; mais on aura appris à penser, on se sera formé, on sera devenu capable de mieux juger et de mieux vivre.

1 - tranchant, aigu
— fig mordant

2 - intense — ici
— recherché dans le vocabulaire et la syntaxe par oppos. à familier
(style soutenu)

3 bruit de ce qui crépite
= faire un bruit sec et fréquent

1. — bonté des coeurs
   — simplicité des manières

2. goailleur = fam =
       moqueur, railleur

3. (favorable) bienveillant

APPENDICE 2

APPRENDRE À VOIR

On a indiqué au chapitre IV que, le plus souvent, soucieux d'activités pratiques et distraits par une fin à poursuivre, nous ne savions ni regarder ni voir. C'est bien pour cela qu'on rencontre tant de difficultés quand il s'agit d'apporter un témoignage. À toutes les questions : « Était-il grand ou petit, quelle était la couleur de la voiture, portait-il un costume sombre ou clair, avez-vous remarqué s'il y avait quelqu'un dans la rue, etc. » les réponses sont hésitantes et le plus souvent se ramènent à un constat d'ignorance. On n'a pas bien vu.

Je puis à ce sujet rapporter une petite anecdote personnelle. Nous avons été, mon mari et moi, reçus à l'Élysée par le général de Gaulle, à l'occasion de la visite de quelque souverain étranger. Nous n'avions jamais encore approché le général de Gaulle et nous étions fort émus de le voir et de lui parler. Je lui ai même, gauchement, exprimé notre ferveur et notre gratitude. À cela il m'a répondu avec une bonhomie un peu gouailleuse : « Bah, vous êtes bien bonne ! » Et nous avons serré les mains ; et nous sommes passés dans la pièce à côté. Bientôt on nous a assaillis de questions : le général de Gaulle était-il en uniforme ou en civil, Madame de Gaulle portait-elle une robe longue ou courte ? À notre grande stupeur nous n'avons pas pu répondre. Dans cette grande circonstance pour laquelle nous ouvrions avec passion nos yeux et nos oreilles, nous n'avions rien vu : nous ne savions ni comment était habillé le Général, ni comment était habillée Madame de Gaulle. Dans la plupart des circonstances, on supplée à de telles lacunes par l'imagination et on croit avoir vu ce qu'il était normal de voir en telle ou telle occasion ; mais il ne s'agit là que de restitution.

D'ailleurs, il suffit de penser à ce que l'on éprouve lorsque l'on fait une photographie, ou lorsque, après coup, on regarde des photographies. Lorsque l'on prend la photographie, on s'aperçoit que le simple effort de cadrer l'image nous pousse à mieux voir ce que pourtant on croyait connaître ; on s'étonne : quelle est cette masse si sombre à gauche ? Je ne croyais pas l'arbuste si important ; ou bien : quel est cet objet qui a l'air de sortir de la tête du personnage ? Je n'avais pas vu qu'il était si proche — et autres questions de ce genre au cours desquelles on découvre mille détails que l'on n'avait jamais perçus. De même, lorsque l'on regarde des photographies du temps passé, ou même récent, on a le sentiment de chercher à distinguer, enfin, ce qu'étaient vraiment ce visage, cet arbre, ce paysage. On interroge la photographie, pour qu'elle supplée à ce que l'on a oublié, mais aussi à ce que l'on n'a jamais perçu sur le moment.

En fait, on avait gardé ce visage ou ce paysage en mémoire, bien entendu ; mais on les avait gardés de façon floue et imprécise. Et voilà que, confrontés avec l'image exacte et fidèle de ce qui a été, on peut enfin le découvrir. Je dois confesser que beaucoup des souvenirs de ma propre vie, même quand il s'agit de moments heureux ou de circonstances importantes, ne me restent qu'à travers les photographies qui en ont fixé l'image et leur ont, au surplus, conféré une sorte de réalité définitive. Les photographies sont pour moi comme des points de repère, et les seuls jalons sûrs d'une vie qui s'est effacée.

Eh bien, sans nul doute, l'éducation donnée en classe constitue un apprentissage qui enseigne à mieux voir, et la littérature, plus particulièrement, joue ce rôle de façon indéniable.

Il faut reconnaître que tous les exercices scolaires, en développant l'attention, contribuent à nous apprendre à voir. J'ai parlé dans le premier appendice de l'entraînement qui se fait dans les petits exercices ou d'arithmétique ou de latin. Il est clair que, le plus souvent, l'erreur vient de quelque chose qui n'a pas été vu ; on a lu trop vite, on a sauté un mot ou une syllabe ; et le professeur dira alors : « Attention ! regardez bien ! » ; et ainsi l'on apprend à lire plus correctement et plus attentivement un mot, une phrase, un problème, une carte de géographie ou tous les documents, quels qu'ils soient. Même en français, les fautes de lecture sont le plus souvent le résultat d'une syllabe ou d'un mot ou d'une lettre qui n'a pas été vue ; tout exercice à cet égard apprend donc à mieux voir.

D'autre part, il est certain que les souvenirs accumulés au cours de l'expérience quotidienne ou de l'apprentissage scolaire nous apprennent aussi à mieux voir. Ainsi, dans un jardin, celui qui a l'habitude verra du premier coup d'œil quelle plante semble donner des signes de mauvais état par telle feuille jaunissante ou tel petit point malencontreux; il reconnaîtra aussitôt les boutons qui se forment, car il sait où ces boutons doivent se former; et il repérera immédiatement quelle plante semble avoir soif car ses feuilles pendent mollement et que ce signe lui est familier. De même, en histoire, l'élève évitera de confondre à la lecture Louis XIV et Louis XVI s'il connaît un peu le contexte et sait distinguer les deux rois; ou encore il n'achoppera pas à la prononciation d'un mot s'il le connaît et reconnaît aussi son étymologie. Le regard du connaisseur est un regard entraîné et qu'on ne trompe pas aisément.

Mais, à côté de cet entraînement pratique, le rôle de la littérature est infiniment plus important. Car, dans les textes, nous trouvons, décrits avec des mots, la présence d'objets, d'êtres ou de sensations que nous pouvons avoir rencontrés, mais sans percevoir tous les aspects qu'un écrivain, entraîné à observer et à traduire cette observation par des mots, peut, d'un seul coup, nous communiquer. Parfois, ce sera une découverte et il nous fera voir des réalités de nous inconnues, des pays lointains, des êtres monstrueux, des présences surprenantes, des émotions hors de notre portée. D'autres fois ce seront des réalités familières mais que nous n'avions pas remarquées.

Apprendre à voir

Chose étrange : le plus souvent nous reconnaîtrons avec la même certitude un objet que nous ignorons ou un objet que nous connaissons. L'imagination nous présente les choses avec suffisamment de force pour que nous ayons le sentiment de déjà les connaître.

En tout cas, nombreuses sont les descriptions dans les œuvres littéraires qui nous donnent cette impression ; et, par la suite, que le souvenir en soit présent ou bien oublié, cette description nous aide à mieux voir ce qui se présente sous nos yeux.

Je lisais, pas plus tard qu'hier, un texte de Colette relatif à son chat ou sa chatte. Je vois tout. Je vois, comme elle dit, « *ces pattes armées de brèves griffes en cimeterres qui savent se fondre, confiantes, dans la main amie* ». Quand je lis cela, moi qui n'ai pas beaucoup l'habitude, aussitôt je vois ce chat ! Puis, dans la page de Colette, les adjectifs bientôt se multiplient : « *facile..., rêveuse..., passionnée..., gourmande..., caressante..., autoritaire* ». L'enfant qui poursuit un chat sur le trottoir ne voit pas tout cela ; quand il aura lu ce texte, puis d'autres, peut-être le verra-t-il un peu mieux ; ses yeux se seront ouverts à la présence de ce qui l'entoure.

Il aura aussi l'occasion (plus fréquente) de rencontrer des chats moins séduisants comme le Raminagrobis de La Fontaine :

Un saint homme de chat, bien fourré, gros et gras,
  Arbitre expert sur tous les cas.

Ce chat-là, faisant l'arbitre, dévore tranquillement les deux adversaires. Lui aussi, l'enfant, dès lors, le verra mieux.

Ou bien quand un auteur nous décrit la buée légère qui subsiste sur un fruit que l'on vient de cueillir, tout à coup cette description nous rappelle une impression fugitive que nous n'avons pas notée, que nous n'avons pas retenue, mais que, la prochaine fois, nous saluerons avec plus d'amitié et de lucidité.

De même, si la chaleur est quelque chose que l'on perçoit immédiatement et sans qu'il soit besoin pour cela d'aucune aide, je crois qu'une description de l'été algérien dans Camus aide à comprendre ce que cette chaleur a de redoutable et à sentir dans notre corps la splendeur de cette végétation, du soleil et de tout ce qui renaît avec la fraîcheur du soir. On vit, on perçoit, on voit, on entend par la littérature ou du moins on le fait mieux grâce à la littérature.

Et même s'il ne s'agit pas de détails mieux perçus, l'évocation littéraire — soit sur le moment, quand nous sommes confrontés à elle, soit après coup, quand il s'agit de souvenirs oubliés — ajoute une présence et une richesse plus grandes à tout ce que nous voyons, même aux objets les plus familiers, aux circonstances, aux mots connus.

Tout le monde sait voir la mer et aime la regarder. On a déjà signalé au chapitre III ce que les descriptions littéraires de la mer ajoutent à la perception que nous en avons et comment elles l'enrichissent. On découvre ici que, de surcroît, elles nous permettent à chaque fois de la voir un peu mieux. De même pour le soir et le matin. Quand vient la fin du jour, les ombres s'allongent. Nous le voyons, bien entendu — du moins, si nous sommes un peu attentifs. Mais si un jour a chanté en nous la formule de Virgile disant que le soir les ombres tombent plus longues du haut des monts, avec ces sonorités sourdes que l'on remarque aussitôt dans la langue latine et dont le français garde quelque chose, en l'alourdissant, cette présence nous trouvera plus attentifs ; nous la remarquerons ; et là aussi elle prendra pour nous, parce qu'elle vient de si loin, une richesse accrue. Et voit-on, en contrepartie, le lever du jour ? Je le regarde, je l'avoue, assez rarement. Mais quand je vois le petit matin et les taches roses qui apparaissent partout, délicates et prometteuses, je crois qu'un vague souvenir de l'expression homérique « l'Aurore aux doigts de rose » est quelque part dans mon esprit et donne du prix, de la présence, de la force à ce que je perçois.

Au reste, on le constate : ce n'est pas seulement parce qu'un écrivain a su observer la réalité qu'il nous aide à la reconnaître ; ce n'est même pas seulement parce qu'il a su trouver les mots justes pour la décrire : c'est parce que, usant de la valeur poétique des mots et aussi des métaphores et de leurs possibilités de suggestion, il ajoute à l'observation stricte des évocations multiples, presque infinies.

Je sais bien qu'en ce sens, c'est à la peinture que l'on penserait tout d'abord, car elle aussi montre les objets et en même temps, par la composition, les valeurs, l'interprétation, ajoute un sentiment personnel à la simple présence de l'objet. Il est juste de le rappeler ; et je suis la première à admettre que l'on voit beaucoup mieux des pommes lorsque l'on a regardé les tableaux de Cézanne représentant des pommes. Et je sais bien également que, dans les images suggérées par la littérature, la peinture vient apporter un complément qui se confond avec l'image décrite. Je ne sais pas si pour moi le casque d'Hector dans l'*Iliade* se présente comme ce grand casque à panache qui fait peur au petit enfant, ou bien s'il ne s'y ajoute quelques souvenirs de telle peinture où un casque d'or ciselé recueille toute la lumière et s'oppose à des draperies d'un rouge sombre. Depuis que je n'y vois plus et que pour moi les paysages se fondent en un papillotement de lumières et d'ombres, je reconnais la présence des nymphéas et plus largement de la peinture impressionniste ; ce présent est en fait déformé par la maladie : je le vois embelli, transposé et étonnamment séduisant.

Mais si j'insiste sur la littérature et sur son rôle quand il s'agit de nous apprendre à voir, c'est parce que le jeu sur les mots, sur leur longueur, sur leurs sonorités, accompagné du recours aux métaphores, permet par sa précision d'aller plus loin encore.

Citons par exemple deux images d'échassiers. On pourrait avoir des planches d'histoire naturelle les représentant avec une parfaite exactitude ; et déjà cela nous aiderait à les voir. Mais deux évocations me viennent à l'esprit. La première est le héron de La Fontaine ; l'animal, tout en longueur, est présenté en deux vers où l'adjectif « long » se répète plaisamment avec une insistance qui est proche de l'ironie :

Un jour, sur ses longs pieds, allait, je ne sais
                                            [où,
Le héron au long bec emmanché d'un long cou.

L'image est là en quelques vers nets et secs qui font comme une petite vignette ; mais le procédé même de la répétition et de la simplification aide à le percevoir et permet de s'en amuser.

Le second échassier auquel je pense est plus petit ; il est aussi plus moderne ; aussi se colore-t-il des subtilités de la psychologie évoquées par une image et un changement de registre. C'est le pluvier d'Hector Bianciotti. Il nous le montre « *droit sur une patte au milieu du sillon, au bord d'un sentier, l'air de considérer les propositions de l'horizon* ». Cette brève description, qui appartient au livre *Ce que la nuit raconte au jour*, m'enchante parce qu'elle me fait d'abord voir l'oiseau dressé sur une patte, tout seul, attentif, mais qu'aussitôt elle évoque son regard en se référant à des sentiments humains qui rendent l'impression plus présente. Il considère les propositions. On voit ce regard rond, attentif, un peu hautain qu'aurait un personnage dans sa situation et aussitôt l'image prend vie, grâce à la comparaison. D'autre part, ces propositions viennent, non pas de quelque partenaire dans un débat humain, mais de l'horizon : ceci confirme l'impression de hauteur qu'il y a dans ce regard de la tête dressée, l'arrogance même de l'expression avec cette façon de tenir le regard au loin ; et ainsi nous est rendue cette attitude de l'oiseau qui est en réalité faite d'attention et de méfiance.

La notation est ici originale ; elle semble aussi

à ce point vraie, que l'on est tenté de rire de satisfaction devant cette réussite. Je crois bien n'avoir jamais vu de pluvier ; je suis sûre en tout cas de n'en avoir jamais observé ; et pourtant je reconnais celui-là parce que la littérature nous a dit quelque chose qui dépasse de beaucoup la description et qui n'est plus du tout réel. Il est amusant de penser que cela aura été mon premier pluvier et que je l'aurai vu dans cette pampa de l'Argentine que je ne connais pas et ne connaîtrai jamais. La réalité, en somme, nous atteint à travers une évocation irréelle et une métaphore plus irréelle encore. À chaque page des livres, à chaque vers des poèmes se présentent ainsi des notations, ou fugitives ou insistantes, qui, je le répète, nous apprennent à voir. Et, sauf exception, ces phrases qui nous auront touchés jusqu'au cœur, ces textes sont ensuite presque toujours oubliés : nous rejoignons ainsi le sujet de ce livre. Mais avant d'être oubliés, ils ont comme affiné notre regard et jeté sur les choses une lumière qui nous révèle leur existence. Là aussi, par conséquent, le trésor des souvenirs oubliés nous apporte son aide irremplaçable.

On n'est pas obligé de vivre parmi les métaphores des poètes et de s'en faire un univers toujours plus ou moins présent. Mais il reste ce fait important que chaque phrase écrite est un effort pour rendre présent quelque chose et nous habitue ainsi à voir non pas par le regard direct qui n'est pas encore suffisamment entraîné, mais par le regard indirect des œuvres.

Je voudrais finir par une petite anecdote

innocente mais, je crois, révélatrice. Le fils d'un de mes confrères a eu, lorsqu'il était tout jeune, à répondre en classe à une question qui consistait à décrire ou à définir une vache, et ses parents et moi nous nous sommes beaucoup amusés à voir sa réponse : selon lui, « *c'était un animal pourvu de quatre pattes allant jusque par terre* ». Pourquoi citer ici ce mot d'enfant ? Parce qu'il se réfère non pas à la réalité, mais au dessin que l'enfant a pu tenter de faire où l'on commence par un gros ovale pour le corps et l'on fait ensuite des pattes « allant jusque par terre ». Même chez le jeune enfant, la réalité arrive par le biais de sa description, de sa représentation par l'homme et c'est cette représentation qui nous ouvre les yeux et nous apprend à voir.

Il est sans doute quelque peu étrange qu'une personne qui n'y voit plus se plaise à des considérations sur ce qui nous permet d'apprendre à voir. Mais ce n'est pas si absurde qu'il y paraît. Depuis que je n'y vois plus, je découvre encore chaque jour les beautés du monde, ses étrangetés, ses laideurs, sa présence — parce que la littérature ne cesse de me les apporter.

NOTE COMPLÉMENTAIRE

Ce livre, écrit dans des conditions difficiles, doit beaucoup aux personnes qui l'ont copié, relu et corrigé. Je voudrais donc remercier ici Mesdames Simina Noica et Michèle Polin, ainsi que Mesdames G. Duby et R. Picard, enfin Mesdames Trédé, Lhériteau et Mademoiselle J. Bordes. Toutes ces personnes m'ont aidée avec une amitié dont je leur suis reconnaissante.

Table

Introduction 7

I. LES SOUVENIRS CACHÉS 21
D'abord les savoir-faire (24). — Les amarres (30). — Fiches et transmission (40).

II. « J'ALLAIS LE DIRE » 53
Le paradoxe de l'oubli (55). — Tâtonnements (60). — Doctrines de la remémoration (65). — Les souvenirs et les mots (73).

III. SAVOIRS OUBLIÉS ET FORMATION INTELLECTUELLE 83
Des repères pour le jugement (86). — La pensée des autres (95). — La culture (100). — Avertissement et mode d'emploi (109).

IV. LA MARQUE DES VALEURS 113
La découverte des valeurs (115). — Rôle de la littérature et de la classe (121). — La sympathie et la pitié (133).

V. Pour une formation affective et morale 141
Rencontre avec les valeurs (143). — Les vertus (145). — La littérature moderne (153). — Le civisme (159). — La mort de Socrate (165).

Conclusion. Un bien étrange trésor 173

Appendice I. L'entraînement de l'esprit ou la bicyclette sur place 189

Appendice II. Apprendre à voir 207

Du même auteur :

Aux éditions Les Belles Lettres

THUCYDIDE, édition et traduction, en collaboration avec L. Bodin et R. Weil, 5 vol., C.U.F., 1953-1972.
THUCYDIDE ET L'IMPÉRIALISME ATHÉNIEN — La pensée de l'historien et la genèse de l'œuvre (1947; 1961; épuisé en français).
HISTOIRE ET RAISON CHEZ THUCYDIDE, 1956, 2ᵉ éd. 1967.
LA CRAINTE ET L'ANGOISSE DANS LE THÉÂTRE D'ESCHYLE, 1958, 2ᵉ éd. 1971.
L'ÉVOLUTION DU PATHÉTIQUE, D'ESCHYLE À EURIPIDE (P.U.F., 1961), 2ᵉ éd. 1980.
LA LOI DANS LA PENSÉE GRECQUE, DES ORIGINES À ARISTOTE, 1971.
LA DOUCEUR DANS LA PENSÉE GRECQUE, 1979.
« PATIENCE, MON CŒUR ! » — L'essor de la psychologie dans la littérature grecque classique, 1984 (2ᵉ éd. 1991), Agora, 1994.
TRAGÉDIES GRECQUES AU FIL DES ANS, 1995.

Aux éditions Hermann

PROBLÈMES DE LA DÉMOCRATIE GRECQUE, 1975 (Agora, 1986).

Aux Presses Universitaires de France

LA TRAGÉDIE GRECQUE, 1970, 2ᵉ éd., « Quadrige », 1982.
PRÉCIS DE LITTÉRATURE GRECQUE, 1980, 2ᵉ éd. 1991.
HOMÈRE (coll. Que sais-je ?), 1985, 2ᵉ éd. 1992.
LA MODERNITÉ D'EURIPIDE (coll. Écrivains), 1986.

Aux éditions Vrin

LE TEMPS DANS LA TRAGÉDIE GRECQUE, 1971 (traduction du texte paru en 1968 à Cornell University Press).

Aux éditions Fata Morgana

Jeux de lumières sur l'Hellade, 1996.

Aux éditions Julliard

Sur les chemins de Sainte-Victoire, 1987, 2ᵉ éd. 1994.
La Construction de la vérité chez Thucydide (coll. Conférences, essais et leçons du Collège de France), 1990.

Aux éditions de Fallois

Les Grands Sophistes dans l'Athènes de Périclès, 1988.
La Grèce à la découverte de la liberté, 1989.
Discours de réception à l'Académie française et réponse de M. Alain Peyrefitte, 1989.
Ouverture à cœur, roman, 1990.
Écrits sur l'enseignement. Nous autres professeurs (Fayard, 1969), L'Enseignement en détresse (Julliard, 1984), 1991.
Pourquoi la Grèce ?, 1992.
Les Œufs de Pâques, nouvelles, 1993.
Lettre aux parents sur les choix scolaires, 1994.
Rencontres avec la Grèce antique, 1995.
Alcibiade, 1995.
Hector, 1997.
Le Trésor des savoirs oubliés, 1998.

Composition réalisée par EURONUMÉRIQUE

IMPRIMÉ EN FRANCE PAR BRODARD ET TAUPIN
Usine de La Flèche (Sarthe).
LIBRAIRIE GÉNÉRALE FRANÇAISE - 43, quai de Grenelle - 75015 Paris.
ISBN : 2-253-14587-4